Ernst Theodor Amadeus Hoffmann, geboren am 24. Januar 1776 in Königsberg, war Jurist in preußischen Diensten, Kapellmeister, Komponist. Er starb am 25. Juni 1822 in Berlin.

Vor dem Hintergrund des griechischen Befreiungskrieges und der philhellenischen Begeisterung spielen E. T. A. Hoffmanns Erzählungen »Die Irrungen« und »Die Geheimnisse«. Hoffmann geht es hier weniger um die Befreiung Griechenlands, die ihn nur am Rande interessierte, und auch der Philhellenismus ist bei ihm nur ein Seitenthema. Vielmehr wird uns das Berlin der 1820er Jahre sehr exakt geschildert, in einem Stück realistischer Erzählkunst mit genauer Charakteristik der Personen: der Tiergarten, das Brandenburger Tor, die Luftfahrt der Reichardts, die Restaurationszeit; die Hotelbesitzerin Obermann, der Friseur Warnicke, der Schneider Freitag, der Geheime Rat Wolf, der Kunsthändler Weiß – sie alle gab es 1820/21 ganz leibhaftig und nicht zuletzt der Autor selbst, der den Mut besitzt, unter seine Figuren zu treten und die Fertigstellung eines Manuskripts zum Thema der Erzählung zu machen.

E.T. A. Hoffmanns Kunst folgte über die Jahre hinweg einem unverrückbaren Grundmotiv: Es ist die Verachtung und Verspottung des Spießbürgertums als des eigentlichen Trägers eines zynischen Materialismus, den Hoffmann für das Grundübel unserer Gesellschaft hält.

Als insel taschenbuch 1732 erschien: E.T.A. Hoffmann oder Die Tiefe zwischen Stern und Erde. Eine Biographie von Eckart Kleßmann.

insel taschenbuch 1852

E. T. A. Hoffmann

Die Geheimnisse

E.T.A. Hoffmann
Die Geheimnisse
Die Irrungen

Fragmente aus dem
Leben eines Phantasten

Mit farbigen Illustrationen
von Knut V. Neumann
und einem Nachwort
von Eckart Kleßmann

Insel Verlag

insel taschenbuch 1852
Erste Auflage 1996

Hinweise zu dieser Ausgabe am Schluß des Bandes
Vertrieb durch den Suhrkamp Taschenbuch Verlag
Umschlag nach Entwürfen von Willy Fleckhaus
Satz: Libro, Kriftel
Druck: Nomos Verlagsgesellschaft, Baden-Baden
Printed in Germany

1 2 3 4 5 6 – 01 00 99 98 97 96

Inhalt

Die Irrungen

Fragment aus dem Leben
eines Phantasten

Verloren und Gefunden

In dem zweiundachtzigsten Stück der »Haude- und Spenerschen Zeitung« vom Jahre 18 – befand sich folgende Aufforderung: »Derjenige junge schwarz gekleidete Mann mit braunen Augen, braunem Haar und etwas schief verschnittenem Backenbart, welcher vor einiger Zeit im Tiergarten auf einer Bank unfern der Statue des Apollo eine kleine himmelblaue Brieftasche mit goldnem Schloß gefunden und wahrscheinlich geöffnet hat, wird, da man weiß, daß er in Berlin nicht heimisch ist, ersucht, sich am vierundzwanzigsten Julius des künftigen Jahres in Berlin, und zwar in dem Hotel, ›Die Sonne‹ geheißen, bei der Madame Obermann einzufinden, um das Nähere über den Inhalt jener Brieftasche, der ihm vielleicht interessant geworden, zu erfahren. Sollte jedoch der besagte junge Mann den Entschluß, den er einmal gefaßt, jetzt auszuführen gedenken und nach Griechenland reisen wollen, so wird er sehr gebeten, sich in Patras auf Morea an den preußischen Konsul Herrn Andreas Condoguri zu wenden und ihm die gedachte Brieftasche vorzuzeigen. Dem geschätzten Finder wird sich dann ein anmutiges Geheimnis erschließen.«

Der Baron Theodor von S. geriet, als er dies auf dem Kasino las, in eine freudige Bestürzung. Niemand anders konnte in jener Aufforderung gemeint sein als er selbst, denn eben er hatte, es mochte wohl schon ein Jahr her sein, im Tiergarten an der bezeichneten Stelle eine kleine himmelblaue Brieftasche mit einem goldenen Schloß gefunden und zu sich gesteckt. Der Baron gehörte zu den Leuten, denen nicht eben viel Besonderes im Leben begegnet, die aber alles, was ihnen in den Weg tritt, für etwas ganz Außerordentliches und sich selbst von dem Schicksal dazu bestimmt halten, das Außerordentliche, Unerhörte zu erfahren. Gleich damals als der Baron die Brieftasche fand, die ihrer Form nach einer Dame angehören mußte, war er überzeugt, daß ihm irgendein seltsames Abenteuer aufgehen würde. Wichtigere Dinge (wir werden erfahren welche) brachten ihm indessen die Brieftasche aus den Gedanken, und um so größer war die Überraschung, daß nun erst das erwartete Abenteuer eintreffen sollte.

Fürs erste mußte sich aber der Baron über zwei Dinge in jener Aufforderung ärgern, nämlich daß seine Augen braun sein sollten, die er immer für blau gehalten, und daß sein Backenbart für schief verschnitten angegeben wurde. Letzteres griff ihn um so mehr an die Seele, als er selbst vor dem schärfsten Pariser Toilettenspiegel das schwierige Geschäft des Zustutzens seines Backenbarts besorgte und sich darin, wie der Kennerblick des Theaterfriseurs Warnicke längst entschieden, als Meister bewährte.

Nachdem der Baron sich sattsam geärgert, stellte er folgende Betrachtungen an.

»Erstlich, warum hat man mit jener Aufforderung beinahe ein Jahr gezögert? – Hat man mich unter der Zeit zu erforschen gesucht? – Aber, durfte zweitens dies wohl geschehen, da man mich näher kennen mußte, um zu wissen, was für Geheimnisse mich es einmal aussprechen ließen, daß einer besondern Konstellation halber ich nach Griechenland reisen wolle? – Kann drittens das anmutige Geheimnis wohl anderer Natur sein als weiblicher? – O Gott! es ist viertens gar nicht zu zweifeln, daß zwischen mir und dem Engelsbilde, das jene Brieftasche auf der Bank unweit der Statue des Apollo liegenließ, gewiß geheime Beziehungen obwalten, die sich bei der Madame Obermann in der ›Sonne‹ oder in Patras auf Morea entwickeln werden. Wer weiß, welche herrliche Träume, welche süße Ahnungen dann plötzlich in reges glühendes Leben treten, welches zarte Geheimnis wie ein wundervolles Märchen mit aller Lust, allem seligen Entzücken in mir aufgehen wird! – Aber, wo ist, fünftens, um tausend Himmels willen die verhängnisvolle Brieftasche geblieben?«

Dieser fünfte Punkt war ein sehr böser, da er mit einem Schlage alle geträumte Hoffnungen, das außerordentlichste aller Abenteuer zu bestehen, vernichten mußte. Vergebens blieb alles Nachsuchen, und dem Baron war es in der Tat unbegreiflich, wie er sich gar nicht darauf zu besinnen vermochte, ob er die Brieftasche noch später in Händen gehabt. Zuletzt kam er darauf, daß ein großer Verdruß, den er an jenem Abende hatte, da er die Brieftasche fand, ihn so sehr außer Fassung gebracht, daß er alles übrige und auch die Brieftasche darüber vergessen.

Gerade an dem Tage trug er zum erstenmal eine der saubersten, zierlichsten, wohlpassendsten Kleidungen, die jemals der Kleiderkünstler Freitag verfertigen lassen und mit weisem Überblick redigiert hatte. Neun Barone, fünf Grafen und mehrere simple Edelleute hatten auf Ehre und Seligkeit geschworen, der Frack sei göttlich und die Pantalons deliziös, aber freilich, Graf E., der Rhadamanthus der modernen Welt, hatte sein Urteil noch nicht gesprochen. Das Schicksal wollte, daß der Baron von S., gerade als er, nachdem er die Brieftasche gefunden, aus dem Tiergarten zurückkehrte, unter den Linden dem Grafen v. E. begegnete. »Guten Abend, Baron!« rief der Graf ihm zu, lorgnierte ihn einen Augenblick, sprach dann mit entscheidendem Tone: »Die Taille beinahe um einen Achtelzoll zu breit!« und ließ den Baron stehen.

Der Baron hielt, was den Anzug betrifft, zu sehr auf Sitte und Ordnung, um nicht über den abscheulichen Verstoß dagegen, den er am Ende sich selbst beizumessen, in großen Zorn zu geraten. Der Gedanke, einen ganzen Tag in Berlin mit einer zu breiten Taille umhergegangen zu sein, hatte für ihn etwas Entsetzliches. Er rannte wild nach Hause, ließ sich auskleiden und befahl dem Kammerdiener, das unselige Kleid ihm aus den Augen zu bringen. Erst dann kam Trost in seine Seele, als nach ein paar Tagen ein schwarzes Kleid aus dem Atelier des Künstlers Freitag hervorgegangen, das selbst Graf E. für makellos erklärte. Genug – die zu breite Taille war schuld an dem Verlust der Brieftasche, über den der Baron in völlige Trostlosigkeit geriet.

Mehrere Tage waren vergangen, als es dem Baron einfiel, seine Garderobe zu mustern. Der Kammerdiener schloß den Schrank auf, in dem der Baron die Kleider, die er nicht mehr trug, aufhängen zu lassen pflegte. Aus dem Schrank strömte dem Baron ein starker Geruch von Rosenöl entgegen. Auf Befragen versicherte der Kammerdiener, daß dieser Geruch von jenem schwarzen Frack mit der breiten Taille herrühre, den er vor einiger Zeit hineingehängt, da ihn der Herr Baron nicht mehr tragen wollen.

Sowie der Kammerdiener diese Worte aussprach, leuchtete in dem Baron wie ein Blitz der Gedanke auf, der, wie man meinen sollte, eben nicht so sehr entfernt gelegen, nämlich daß er das gefundene Kleinod in die Busentasche des Rocks gesteckt und im Verdruß wieder herauszunehmen vergessen.

Er erinnerte sich in dem Augenblick, daß die Brieftasche stark nach Rosenöl gerochen.

Der Rock wurde hervorgeholt, es traf ein, was der Baron geahnt.

Man kann denken, mit welcher Ungeduld der Baron das kleine goldne Schlößlein öffnete, um den Inhalt der Brieftasche zu erfahren, der seltsam genug war.

Zuerst fiel dem Baron ein sehr kleines Messerchen von sonderbarer Form, beinahe anzusehen wie ein chirurgisches Instrument, in die Hände. Dann erregte seine Aufmerksamkeit ein seidenes strohgelbes Band, in dem allerlei fremdartige Charaktere, beinahe chinesischer Schrift ähnlich, in schwarzer Farbe eingewirkt waren. Ferner fand sich in einem seidenpapiernen Umschlage eine verdorrte unbekannte Blume. Wichtiger als alles schienen aber dem Baron zwei beschriebene Blätterchen. Auf dem einen standen Verse, die indessen der Baron leider nicht zu verstehen vermochte, da sie in einer Sprache abgefaßt waren, die selbst manchem vortrefflichen Diplomatiker fremd blieb, nämlich in der neugriechischen. Die Handschrift auf dem andern Blatte schien ohne Vergrößerungsglas kaum lesbar, doch überzeugte sich der Baron bald zu seiner großen Freude, daß italienische Worte darauf standen. Der italienischen Sprache war der Baron vollkommen mächtig.

In einem kleinen winzigen Täschchen steckte endlich noch die Ursache des Dufts, den Brieftasche und Rock verbreitet, nämlich ein in ein feines Papier gewickeltes, wie gewöhnlich hermetisch verschlossenes Fläschlein Rosenöl.

Auf dem Papier stand ein griechisches Wort, und zwar: Σχνουεσπελπολδ.

Es kann hier gleich bemerkt werden, daß der Baron tags darauf bei einem Mittagsmahl in der Jagorschen Restauration mit dem Herrn Geheimen Rat Wolf zusammentraf und ihn um die Deutung des griechischen Worts befragte, das auf dem Zettel stand. Der Geh. Rat Wolf hatte aber kaum einen flüchtigen Blick auf den Zettel geworfen, als er dem Baron ins Gesicht lachte und erklärte, daß das ja gar kein griechisches Wort, sondern nicht anders zu lesen als: *Schnüspelpold*, mithin ein Name sei, und zwar ein deutscher, kein griechischer, da im ganzen Homer dergleichen nicht vorkomme und auch billigerweise nicht vorkommen könne.

So gut, wie gesagt, sich der Baron auf das Italienische verstand, so wollte ihm doch die Entzifferung des Blättleins nicht recht gelingen. Denn außerdem daß die Schrift ein wahres Augenpulver zu nennen, so waren auch manche Stellen beinahe ganz verwischt. Es schien übrigens, als habe die Besitzerin der Brieftasche (daß diese einem Frauenzimmer angehört, war wohl außer allem Zweifel) einzelne Gedanken aufgeschrieben, um sie zu einem Briefe an eine vertraute Freundin zu nutzen, das Blättlein konnte aber auch eine Art von Tagebuch vorstellen. – Genug, der Baron zerbrach sich den Kopf und verdarb sich die Augen!

Das Blättlein aus der Brieftasche

– Die Stadt ist im ganzen schön gebaut mit schnurgeraden Straßen und großen Plätzen, hin und wieder trifft man Alleen von halbverdorrten Bäumen, die, wenn der unheimlich sausende Wind dichte Staubwolken vor sich hertreibt, ihr fahlgraues Laub traurig schütteln. Kein einziger Springbrunnen sprudelt lebendiges Wasser empor und verbreitet Kühle und Labung, deshalb sind die Märkte öde und leer. Der Basar, bei klappernden tosenden Mühlen gelegen, klein und versteckt, ist mit dem in Konstantinopel gar nicht zu vergleichen. Auch fehlt es ihm an prächtigen Stoffen und Juwelen, die in einzelnen Häusern feilgeboten werden. Manche dieser Kaufleute bestreuen ihr Haupt mit weißem Puder, um ein ehrwürdiges Ansehen und mehr Vertrauen zu gewinnen, sind aber ebendeshalb sehr teuer. Es gibt mehrere Paläste, die aber nicht aus Marmor gebaut sind, da es in der Gegend ringsumher an Marmorbrüchen gänzlich fehlen soll. Das Baumaterial besteht in kleinen, im länglichen Viereck geformten Backsteinen, die häßlich rot und unter dem Namen: Ziegel bekannt sind. Doch habe ich auch Quadersteine gesehen, sie jedoch kaum für Granit oder Porphyr halten können. – Ich wünschte aber wohl, daß du, geliebte Chariton, das schöne Tor, welches eine Quadriga mit der Siegesgöttin schmückt, sehen könntest. Es erinnert an den großen erhaben einfachen Stil unserer Vorfahren. – Warum spreche ich aber so viel von den toten kalten Steinmassen, die auf diesem glühenden Herzen lasten und es zu erdrücken drohen? – Hinaus – hinaus aus dieser Öde! – ich will dir, Geliebte, nicht – – Mein Magus war heute boshafter und ärgerlicher als je. Er hatte bei dem Mittagsessen zu viel getanzt und sich den Fuß verstaucht. Konnte ich dafür, war es recht, mich zu quälen mit hundert abscheulichen Vorwürfen? – Wenn werde ich die Ketten abstreifen des häßlichen Unholds, der mich zur Verzweiflung bringen wird, der mich – – Ich rieb ihm den Fuß mit Balsam von Mekka ein und legte ihn ins Bette, da wurde er still und ruhig. Nachher stand er auf, machte Schokolade und bot mir eine Tasse an: ich trank aber nicht, aus Furcht, er möge Opium hineingetan haben, um mich einzuschläfern und dann zu verwandeln, wie er es schon oft getan hat.

Häßliches, widerwärtiges Mißtrauen! Unseliges feindliches Vorurteil! – Mein Magus war heute die Milde, die Freundlichkeit selbst! Ich fuhr leise mit den Fingern über das Kahlköpfchen hin, da leuchteten seine große, schöne, schwarze Augen mich an, und er sprach ganz entzückt: »Gleich! gleich!« In der Tat holte er auch auf der Stelle sein Handwerkszeug hervor und drückte auf einen dunkelroten Shawl den prächtigsten Goldrand, den ich nur wünschen konnte. Ich warf ihn um, und wir gingen, nachdem mein Magus wie gewöhnlich den Elektrophor an sein Hinterhaupt geschroben, nach dem freundlichen Walde, der dicht vor dem Tore mit der Siegesgöttin gelegen ist, so daß es nur weniger Schritte bedarf, um in schöne finstre Laubgänge zu treten. – Im Walde befiel meinen Magus seine mürrische Laune. Als ich den Spaziergang rühmte, fuhr er mich hart an, ich solle mir nicht törichterweise einbilden, daß das wirkliche Bäume, Büsche wären, daß das wirklich gewachsenes Gras, Feld, Wasser sei. Ich könne das ja schon an den stumpfen Farben sehen, daß alles nur in spaßhafter Kunst fabriziertes Zeug wäre. Im Winter, behauptete mein Magus, würde alles eingepackt, nach der Stadt gebracht und zum Teil an die Zuckerbäcker vermietet, die es zu ihren sogenannten Ausstellungen brauchten. Wollte ich einmal ein bißchen wahrhafte Natur schauen, so würd er mich in das Theater führen, wo hierzulande allein was Ordentliches von dergleichen Dingen zu schauen. Beim Theater wären nämlich grundgeschickte Naturmeister angestellt, die Berg und Tal, Baum und Gebüsch, Wasser und Feuer keck zu handhaben wüßten. – Oh, wie mich das verdroß! – Ich sehnte mich nach jenem Platz, der mich an die schöne Zeit erinnert, als du, meine süße Chariton, noch meine Gespielin warst! – Ein runder, mit dichtem Gebüsch umgebener Platz, in dessen Mitte die Statue des Apollo aufgerichtet steht. Wir kamen dahin! – Ich verlangte mich niederzulassen; da stieg aber der Unwille meines Magus. Er meinte, die vermaledeite Puppe errege ihm Angst und Entsetzen, und er müsse ihr die Nase abschlagen, damit sie nicht lebendig würde und ihn prügle. Er hob auch wirklich sein langes starkes

Rohr auf gegen das Bild! – Du kannst dir denken, was ich empfand, als mein Magus verfahren wollte nach dem Grundsatz des mir verhaßten Volks, das wirklich in tollem abergläubischen Wahnsinn den Statuen die Nasen abschlägt, damit sie nicht lebendig werden! – Ich sprang hinzu, nahm meinem Magus den Stock aus der Hand, erfaßte ihn dann selbst und setzte ihn auf eine Bank. Da lächelte er mich höhnisch an und sprach, daß ich mir nur nicht einbilden solle, eine wirklich aus Stein gehauene Statue vor mir zu sehen, ich könne das an dem unförmlichen wulstigen Körper bemerken, der nach Benvenuto Cellinis Ausdruck einem mit Melonen gefüllten Sack gliche. Hierzulande würden dergleichen Statuen in der Art verfertigt, daß man einen hohen Sandhaufen aufschütte und dann so lange geschickt hineinblase, bis sich das Bild forme. Dann bat mein Magus, ich möchte ihm erlauben, an das Wasser unfern des Platzes, wo wir uns befanden, zu gehen, um ein wenig den Fröschen zuzuhorchen. Ich ließ das gern zu, und als er –

Das Abendrot stieg auf, und glühende Funken hüpften im dunklen Laube von Blatt zu Blatt. – Es rauschte über mir im Gebüsch, und eine Nachtigall schlug einzelne klagende Laute an. Ein süßes Weh erfüllte meine Brust, und von unwiderstehlichem sehnsüchtigem Verlangen getrieben, tat ich, was ich nicht tun sollen! – Du kennst, o meine Chariton, das magische Band, das verführerische Geschenk unsers Alten. – Ich zog es hervor und schlang es um die Pulsader meines linken Arms. – Alsbald flatterte die Nachtigall hinab und sang zu mir in der Sprache meines Landes:

»Ärmste, warum flohst du hieher? Kannst du entrinnen der Wehmut, der dürstenden Sehnsucht, die auch hier dich umfängt? Und tiefer verwundend, faßt dich hier fern von der wirtlichen Heimat der Schmerz getäuschter Hoffnungen! – Der Verfolger ist hinter dir! – flieh! – flieh! – du Ärmste! – Aber du willst ihn sterben, den Tod in Liebe! – gib ihn mir, gib ihn mir und lebe in seliger Ahnung, die mein Herzblut in deiner Brust entzündet.«

Die Nachtigall flatterte in meinen Schoß, ich holte in zauberischer Betörung mein kleines Mordinstrument hervor, aber wohl mir! – mein Magus erschien, die Nachtigall schwang sich auf, ich riß das Band vom Arm herab und – –

– Ich fühlte mein ganzes Selbst erbeben! – Dasselbe Haar – dieselben Augen – derselbe freie stolze Gang – Nur entstellt durch die häßliche abenteuerliche Kleidung, die hierzulande üblich, und von welcher dir, meine geliebte Chariton! einen deutlichen Begriff zu machen, ich mich vergebens mühen würde. Soviel sage ich dir, daß das Oberkleid, bei uns die Zierde der Männer, gewöhnlich von dunkler, häufig von schwarzer Farbe und nach der Form der Flügel und des Schweifs der Bachstelze zugeschnitten ist. Diese Form wird vorzüglich durch den Teil des Kleides erreicht, den man hier Rockschöße nennt und in denen Taschen angebracht sind zur Aufbewahrung kleiner Bedürfnisse, des Schnupftuchs und so weiter. Merkwürdig scheint auch, daß es hierzulande für junge Männer von Stande und Bildung unanständig ist, Backen und Kinnladen unbedeckt sehen zu lassen. Beides wird durch Haare, die sie stehen lassen, sowie durch ein Stücklein gesteiften Batistes, das aus der Halsbinde auf beiden Seiten emporsteigt, bedeckt. Am seltsamsten scheint mir aber die Kopfbedeckung, die aus einer zylinderförmigen Mütze aus steifem Filz mit einem Rande besteht und die man »Hut« nennt. – Ach, Chariton! – trotz dieser abscheulichen Kleidung kannte ich ihn wieder! – welche dämonische Macht hat ihn mir geraubt! – Wie, wenn er mich erblickt hätte! – Schnell schlang ich das magische Band um meinen Hals, er ging dicht bei mir vorüber, ich blieb ihm unsichtbar, doch schien er das Dasein irgendeines ihm befreundeten Wesens zu ahnen. Denn unfern von mir warf er sich auf eine Bank, nahm den Hut ab und trillerte eine Melodie, deren Worte ungefähr hießen: »Laß dich erblicken«, oder: »Laß dich am Fenster sehen!« Dann zog er ein Futteral hervor, aus dem er jenes seltsame Instrument nahm, das man hier eine Brille nennt. Er setzte dies Instrument auf die Nase, befestigte es hinter den Ohren und schaute durch die hell und glänzend geschliffene Gläser, die vor den Augen standen, unverwandt hin nach dem Orte, wo ich saß. – Ich erschrak, daß der magische Blick durch jene Gläser, ein mächtiger Talisman, meinen Zauber zerstören werde, ich hielt mich für verloren, doch es begab sich, daß – – – verhängnisvollste meines Lebens! – Wie soll ich es dir denn sagen, meine geliebte Chariton, wie dir beschreiben das unnennbare Gefühl, das mich durchdrang! – Doch laß mich zu Worten kommen. – Maria ist ein gutes liebes Kind, und obschon nicht unserer Religion zugetan, ehrt sie doch unsere Gebräuche und ist überzeugt von der Wahrheit unseres Glaubens. In der Vornacht des heiligen Johannistages entschlüpfte ich der Aufsicht meines Magus. Maria hatte sich des Hausschlüssels bemächtigt, sie wartete meiner mit einem zierlichen Gefäß, und wir gingen beide in tiefem Schweigen hinaus in den Wald und holten aus einer dort befindlichen Zisterne das heimliche Wasser, in das wir geweihte Äpfel warfen. Am andern Morgen, nachdem wir mit inbrünstiger Andacht zu dem heiligen Johannes gefleht, hielten wir das Gefäß auf unsern vier ausgestreckten Daumen empor. – Es drehte sich rechts, es drehte sich links – zitternd und schwankend! – Vergebens unser Hoffen! – Allein, nachdem ich Kopf, Hals und Brust mit dem heimlichen Wasser, in dem der geweihte Apfel lag, gewaschen, begab ich mich tief verschleiert, ohne daß [es] mein Magus, der seinen langen Traum träumte, zu bemerken schien, nach dem in der Stadt belegenen Baumgange, die Linden geheißen. – Da rief eine alte Frau mehrmals hintereinander mit starker Stimme: »Theodor – Theodor!«

– O meine Chariton! – durchbebt von Schreck und Wonne wäre ich beinahe ohnmächtig niedergesunken! – Ja, er ist es! – er ist es! – O all ihr Heiligen! – ein Prinz, sonst reich, groß, mächtig, jetzt heimatlos umherstreifend im Bachstelzenhabit und steifer Filzmütze – Könnt ich nur –

Mein Magus hält in seiner üblen Laune wie gewöhnlich alles für närrische Einbildungen und ist zu weiterer Nachforschung nicht zu bewegen, die ihm doch so leicht werden würde, da er sich nur an die Stelle im

Walde, wo ich Theodor erblickte, begeben, dort aber ein Schnittchen von meinem geweihten Apfel essen und einen Schluck von dem geheimen Wasser trinken dürfte. Aber er will nicht, er will durchaus nicht und ist überhaupt mürrischer als je, so daß ich zuweilen genötigt bin, ihn zu züchtigen, welches denn leider seine Macht über mich nur verstärkt, doch wenn mein geliebter Theodor –

– mit Mühe eingelehrt. Jetzt tanzt aber meine Maria den Romeca so schön, wie man ihn bei uns nur sehen mag. – Es war eine schöne Nacht, warm und duftig glänzend im Mondesschimmer. Der Wald horchte in staunendem Schweigen unserm Gesange zu, und nur dann und wann flüsterte und rauschte es in den Blättern, als hüpften Elflein vorüber, und wenn wir einhielten, dann tönten wohl die seltsamen Stimmen der Geister der Nacht durch die Stille und regten uns auf zum neuen Liede. Mein Magus hatte in seinem Elektrophor eine Theorbe mitgenommen und wußte die Akkorde des Romeca recht schön und feierlich anzuschlagen, wofür ich ihm auch weißen Honig versprach zum Frühstück andern Tages –

Endlich, Mitternacht war längst vorüber, nahten sich Gestalten durch das Gebüsch unserm einsamen Rasenplatz. Wir schlugen die Schleier über, nahmen den Magus auf die Schultern und entflohen so schnell, als wir nur vermochten. – Übereilte unselige Flucht! – Der Vogel war zum erstenmal unwillig, aber er sprach nur verwirrtes Zeug und wies meine Fragen zurück, weil er doch nur ein Papagei wäre und kein Professor. – Ja, übereilte unselige Flucht, denn gewiß war es Theodor, der sich uns nahte und – Mein Magus war so erschrocken, daß ich ihn zur Ader lassen mußte –

– herrlicher Gedanke! – Ich schnitt heute mit meinem Messerchen in den Stamm des Baumes, unter dem ich saß, als Theodor mir gegenüber war und meine Verhüllung nicht zu durchblicken vermochte, ja, in diesen Stamm schnitt ich die Worte ein: »Theodor! vernimmst du meine Stimme? – es ist – ruft die dich – ewig – furchtbarer Tod – nimmer – ermordet – Konstantinopel – unabänderlicher Entschluß – Oheim – wohl –«

Die Reise nach Griechenland

Den Baron Theodor von S. setzte der Inhalt des Blättleins, dessen letzte Worte leider völlig verwischt und unleserlich waren, ganz außer sich selbst.

Freilich möchte aber auch wohl jeder andere, trug er auch nicht, so wie Theodor, beständig chimärische Abenteuer im Sinn, bei den Umständen, wie sie hier zutrafen, in große Verwunderung, ja in tiefes Erstaunen geraten sein. Außerdem daß schon das Geheimnisvolle des Ganzen, das Hindeuten auf ein seltsames weibliches Wesen, das Zauberkünste übte, das im steten Umgange lebte mit einem magischen Prinzip, ihm Herr und Diener zugleich, den Baron im höchsten Grade spannte, so mußte diese Spannung bis zum halben Wahnsinn steigen, als er sich selbst in den Zauberkreisen gefangen sah, die das Blättlein oder vielmehr jenes unbekannte Wesen, der es angehörte, um ihn gezogen.

Der Baron erinnerte sich nämlich sogleich, daß er,

vor langer Zeit durch den Tiergarten wandelnd, sich auf eine Bank geworfen, der gegenüber, wo er die Brieftasche fand. Daß es ihm gewesen, als höre er leise Seufzer. Daß er durchaus geglaubt, ihm gegenüber sitze ein in lange Schleier gehülltes Frauenzimmer, und daß er, unerachtet er seine Brille aufgesetzt, nichts, gar nichts habe entdecken können. Dem Baron fiel ferner ein, daß, als er einst mit mehreren Freunden in später Nacht vom »Hofjäger« heimkehrte, ihnen aus dem fernen Gebüsch ein ganz seltsamer Gesang und ebensolch sonderbare Akkorde eines unbekannten Instruments entgegenklangen und daß sie, endlich der Stelle, wo die Musik herzukommen schien, genaht, zwei weiße Gestalten schnell fliehen sahen, die etwas Rotglänzendes auf den Schultern zu tragen schienen. – Der Name Theodor entschied nun vollends die Sache!

In voller Hast lief nun der Baron nach dem Tiergarten, um jene Inschrift, die die Unbekannte in einen Baum geschnitten haben wollte, und mit ihr vielleicht näheren Aufschluß des Rätsels zu finden. Seine Ahnung hatte ihn richtig geleitet! In die Rinde des Baumes, an den sich die Bank lehnte, wo er die Brieftasche gefunden, waren jene Worte eingeschnitten, aber das besondere Spiel des Zufalls hatte es gefügt, daß gerade diejenigen Worte, welche auf dem Blättlein verlöscht, auch in dem Baum verwachsen und unleserlich geworden waren. »Wunderbare«, rief der Baron in höchster Ekstase aus, »wunderbare Sympathie der Natur!« – Er erinnerte sich aus dem Goethe jener Zwillingskommoden, die aus einem Stamme gefertigt waren und von denen die eine rettungslos zerplatzte, als die andere in einem weit davon entfernten Schlosse ein Raub der Flammen wurde!

»Unbekanntes herrliches Wesen!« rief der Baron ferner aus in höchster Ekstase, »Himmelskind aus dem fernen Götterlande, ja! – längst glühte die Sehnsucht nach dir, du einzig Geliebte, in meiner Brust! Aber ich habe mich selbst nicht verstanden, die blaue Brieftasche mit dem goldnen Schloß war erst der magische Spiegel, in dem ich mein Ich in Liebe zu dir erblickte! – Fort! – dir nach – fort nach jenem Lande, wo unter mildem Himmel die Rose blüht meiner ewigen Liebe!«

Der Baron machte sofort ernsthafte Anstalten zur Reise nach Griechenland. Er las den Sonnini, den Bartholdy, und was er sonst an Reisen nach Griechenland auftreiben konnte, bestellte sich einen bequemen Reisewagen, zog so viel von seinem Gelde ein, als er zu brauchen glaubte, begann sogar Griechisch zu lernen und ließ sich auch, da er von irgendeinem Reisenden hörte, der, um sicherer zu reisen, die Landestracht trug, von dem Theaterschneider einige saubre neugriechische Anzüge fertigen.

Man kann denken, daß er während dieser Zeit nichts im Sinne trug als die unbekannte Besitzerin der blauen Brieftasche, deren lebendiges Bild ihm bald vor Augen stand. – Sie war hoch, schlank im höchsten Ebenmaß der Glieder gewachsen, ihr Anstand ganz Anmut und Majestät – ihr Gesicht ganz das Abbild, der Ausdruck jenes unnennbaren Zaubers, der uns in den Antiken hinreißt – die schönsten Augen! – die schönsten schwarzen seidnen Haare! – Genug, ganz so, wie der begeisterte Sonnini nur die Griechinnen schildern kann. Und dabei, wie schon das Blättlein bewies, ein in Liebe glühendes Herz im Busen, ganz Hingebung – Treue für den Geliebten; konnte der Seligkeit Theodors etwas fehlen? – Ja wohl! – er wußte den Namen der Holden nicht, welches den Exklamationen merklich schadete. Doch hier halfen Wielands »Sämtliche Werke« aus. Er nannte die Geliebte bis auf weitere nähere Bestimmung Musarion, und dies setzte ihn auch in den Stand, die gehörigen schlechten Verse auf das unbekannte Zauberbild zusammenzukneten.

Ganz besonders bemühte sich der Baron auch, die Zauberkraft des magischen Bandes zu versuchen, das unstreitig in seine Hände geraten war. Er ging in den Wald, schlang das Band um die Pulsader seines linken Arms und horchte auf den Gesang der Vögel. Er konnte aber nicht das mindeste davon verstehen. Und als endlich ein Zeisig dicht neben ihm im Busche zu zwitschern begann, klang es ihm beinahe so, als sänge der unverschämte Vogel: »Hasenfüßchen, Hasenfußchen, geh zu Haus – zu Haus! – pfeif dich aus – pfeif dich aus!« – Der Baron sprang schnell auf und eilte, ohne weitere Versuche zu machen, von dannen.

War es ihm mit dem Verständnis des Vogelgesanges schlecht ergangen, so gelang es ihm noch schlechter mit der Unsichtbarkeit. Denn unerachtet er das magische Band um den Hals geschlungen, so bog doch der Hauptmann von R., der unter den Linden spazierte, sogleich in die Seitenallee ein, in der der Baron unsichtbar zu wandeln glaubte, und bat ihn dringend, sich doch vor seiner Abreise gütigst der funfzig Friedrichsdor zu erinnern, die er ihm noch aus dem letzten Spiel schulde.

Der Theaterschneider war mit den griechischen Kleidern fertig. Der Baron fand, daß sie ihm ganz ungemein kleideten und daß vorzüglich der Turban seinem Gesicht einen Ausdruck gab, der ihm ein freudiges Staunen abnötigte. Denn selbst hatte er bisher nicht geglaubt, daß seine Augen, seine Nase und seine übrigen angenehmen Gesichtszüge überhaupt dergleichen fähig.

Er empfand eine tiefe Verachtung gegen seinen Bachstelzenrock, gegen seine Mütze aus steifem Filz und so weiter und wäre, hätte er nicht das Aufsehn und den Spott anglomanischer Grafen und Barone gefürchtet, von Stund an nicht anders als neugriechisch gekleidet einhergegangen.

Hatte aber sein Negligé, ein seidener orientalischer Schlafrock, eine turbanähnliche Mütze und dazu eine lange türkische Pfeife im Munde, schon etwas getürkt, so war hier der Übergang zum neugriechischen Kostüm leicht und natürlich.

Also neugriechisch gekleidet saß der Baron mit untergeschlagenen Beinen, welches ihm eigentlich blutsauer wurde, auf dem Sofa und blies, die schönste Bernsteinspitze an den Mund gedrückt, Rauchwolken türkischen Tabaks vor sich her, als die Tür aufging und der alte Baron Achatius von F., sein Oheim, hineintrat.

Als der aber den neugriechischen Neffen erblickte, prallte er zurück, schlug die Hände zusammen und rief überlaut: »So ist's denn doch wahr, was die Leute mir sagten! – So ist doch das bißchen Verstand meines Herrn Neffen wackelicht geworden!«

Der Baron, der alle Ursache hatte, den alten steinreichen unverheirateten Oheim zu ehren, wollte schnell vom Sofa herab und ihm entgegen. Da ihm aber die Beine, der unbequemen ungewohnten Stellung halber, erstarrt, eingeschlafen, wie man zu sagen pflegt, waren, so kugelte er dem Oheim vor die Füße, verlor den Turban und die Pfeife, die ihren glühenden Inhalt ausströmte auf den reichen türkischen Teppich. Der Oheim lachte übermäßig, trat schnell die glimmenden Funken aus, half dem bestürzten Neugriechen auf den Sofa und fragte denn: »So sage mir nur, was du für Narrheiten treibst. Ist es wahr, daß du fortwillst nach Griechenland?«

Der Baron bat den Oheim um ein gütiges ruhiges Gehör, und als dieser es zugesagt, erzählte er von Anfang bis zu Ende, wie sich alles begeben mit dem Auffinden der Brieftasche im Tiergarten, mit der Aufforderung in der »Haude- und Spenerschen Zeitung«, mit dem Inhalte des Blättleins, und wie eben der Entschluß in ihm entstanden, geradezu nach Patras zu gehen, dem Herrn Andreas Condoguri die blaue Brieftasche zu übergeben und dann das Weitere zu erfahren.

»Mir ist«, erwiderte der Oheim, nachdem der Neffe geendet, »mir ist die Aufforderung in der ›Haude- und Spenerschen Zeitung‹ entgangen, indessen zweifle ich gar nicht, daß sie darin enthalten und daß sie ganz dazu geeignet ist, die Phantasie des Finders der Brieftasche, ist er zumal jung und phantastisch, wie du es bist, gar sehr aufzuregen. Ebenso stelle ich gar nicht in Abrede, daß du nach allem, was du mir erzähltest, Grund hast zu glauben, in dem Blättlein sei von dir die Rede. – Ich würde übrigens die Person, die das schrieb, was du mir vorlasest, für wahnsinnig halten, wäre sie nicht offenbar eine Griechin. Hast du aber dir gehörige Notiz von Neugriechenland verschafft, so wirst du wissen, daß die Bewohner an allerlei Magie und Zaubereien steif und fest glauben und von den tollsten Einbildungen geplagt sind, wie du manchmal –«

»Neuer Beweis für meine Überzeugung«, murmelte der Baron dazwischen.

»Ich weiß«, fuhr der Oheim fort, »ich weiß auch recht gut, was es mit dem heimlichen Wasser für eine Bewandtnis hat, das die Mädchen in der Johannisnacht schweigend holen, um zu erfahren, ob sie den geträumten Geliebten haben werden, und eben deshalb kommt mir im allgemeinen alles nicht so gar sonderbar vor, und nur in Beziehung auf dich erscheint mir manches sehr zweideutig. – Es ist nämlich sehr die Frage, ob du, mag es auch den Anschein haben, der gemeinte Theodor bist, ja, ob der, der die Aufforderung einrücken ließ, sich nicht in der Person des Finders irrte. – Genug! da die Sache durchaus problematisch, so würde es ein sehr übereilter Streich sein, deshalb eine weite gefährliche Reise zu unternehmen. Daß du Aufklärung wünschest und wünschen mußt, ist billig und natürlich, warte daher den vierundzwanzigsten Julius des künftigen Jahres ab und begib dich dann in ›Die Sonne‹ zur Madame Obermann, wo dich ja auch die Aufforderung hinbescheidet, um das Nähere zu erfahren.«

»Nein«, rief der Baron, indem seine Augen blitzten, »nein, mein geliebter Oheim! nicht in der ›Sonne‹, nein, in Patras geht das Glück meines Lebens auf, nur in Griechenland reicht das holde Engelsbild, die edle

Jungfrau, mir Glücklichen, der so wie sie aus griechischem fürstlichem Stamm entsprossen, die Hand!«

»Was«, schrie der Alte ganz außer sich, »bist du ganz und gar von Sinnen? bist du rasend? du aus griechischem fürstlichem Stamm entsprossen? – Narr in Folio, war deine Mutter nicht meine Schwester? – War ich nicht zugegen bei ihrer Entbindung? – Hab ich dich nicht aus der Taufe gehoben? – Kenn ich nicht unsern Stammbaum? ist er nicht klar und deutlich seit Jahrhunderten?«

»Sie vergessen«, sprach der Baron, indem er so mild und anmutig lächelte, wie nur irgendein griechischer Prinz zu lächeln vermag, »Sie vergessen, teuerster Oheim, daß mein Großvater, der die merkwürdigsten Reisen unternahm, eine Frau von der Insel Zypern mitbrachte, die von ganz ausnehmender Schönheit gewesen sein soll und deren Bildnis noch auf unserm Stammschlosse befindlich.«

»Nun ja«, erwiderte der Oheim, »man mag wohl es meinem Vater verzeihen, daß er als ein junger rascher, feuriger Mann sich in ein schönes griechisches Mädchen verliebte und die Torheit beging, sie, unerachtet sie nur gemeinen Standes und, wir mir oft erzählt worden, Blumen und Früchte feilhielt, zu heiraten. Doch sie starb sehr bald kinderlos.«

»Nein, nein«, rief Theodor heftig, »eine Prinzessin war dies Blumenmädchen und meine Mutter die Frucht der glücklichsten Ehe, die, ach! nur zu kurz dauerte.«

Der Oheim prallte erschrocken zwei Schritte zurück. »Theodor«, begann er dann, »Theodor! sprichst du im

Traum, im Fieber, im Wahnsinn? – Beinahe zwei Jahr war die Griechin tot, als dein Großvater meine Mutter heiratete, vier Jahre war ich alt, als meine Schwester geboren wurde. Wie um tausend Himmels willen kann denn deine Mutter die Tochter jener Griechin sein?«

»Gestehen«, fuhr Theodor ganz ruhig und gelassen fort, »gestehen will ich, daß, betrachtet man die Sache aus dem gewöhnlichen Gesichtspunkt, die höchste Unwahrscheinlichkeit gegen meine Behauptung spricht. Aber das schöne unerforschliche Geheimnis, die sublime Mystik des Lebens tritt uns ja überall in den Weg, und das Unwahrscheinlichste ist oft das eigentliche Wahre. Sie glauben, bester Oheim, daß Sie vier Jahre alt waren, als meine Mutter geboren wurde, aber kann das nicht auf seltsamer Täuschung beruhen? – Doch ohne mich weiter auf die mysteriösen Kombinationen einzulassen, die unser Leben oft hineinziehen in ein Zauberreich, setze ich Ihnen, bester Oheim, ein Zeugnis entgegen, das alles, was Sie gegen mich aufbringen können, mit einem Schlage vernichtet! – Das Zeugnis meiner Mutter! – Sie staunen? – Sie blicken mich an, Zweifel im Auge? – Vernehmen Sie dann! – Meine Mutter, so erzählte sie mir, mochte ungefähr sieben Jahre alt sein, als sie sich, da schon die Abenddämmerung eingebrochen, in dem Saale befand, wo das lebensgroße Bild der Griechin hing, zu dem sie sich mit unsichtbarer Gewalt hingezogen fühlte. Als sie es aber innig liebend betrachtete, belebten sich die schönen Züge des hohen Antlitzes immer mehr und mehr, bis endlich die herrliche fürstliche Frau, die teuerste aller Großmütter, aus dem Bilde heraustrat und meine Mutter als ihr einziges liebes Kind begrüßte. Seit dieser Zeit wurde meine Mutter von dem teuern Bilde gehegt und gepflegt auf das zärtlichste, ja das Bild besorgte ihre ganze höhere Erziehung. Unter andern unterrichtete das Bild meine Mutter auch in der neugriechischen Sprache, und meine Mutter mochte, da sie noch Kind, keine andere reden. Da aber aus sonderbaren nichtigen Gründen die Mutterschaft des Bildes ein Geheimnis bleiben sollte, geschah es, daß alle Leute das Neugriechische, das meine Mutter sprach, für Französisch, ja selbst das Bild, erschien es manchmal plötzlich beim Kaffee, für eine französische Gouvernante halten mußten. Als meine Mutter heiratete, zog sich das Bild zurück in den Rahmen und verließ ihn nicht wieder, bis meine Mutter sich befand in guter Hoffnung. Da entdeckte das teure hohe Bild meiner Mutter die fürstliche Abkunft, und daß der Sohn, von dem sie genesen würde, bestimmt sei, im schönen Griechenland Rechte geltend zu machen, die verloren schienen. Eine anmutige Gunst des Schicksals oder, nach gemeinem Sprachgebrauch, der Zufall werde ihn dort hinleiten. Dann ermahnte das Bild meine Mutter, bei meiner Geburt ja keins der heiligen Mittel, wie sie im Vaterlande gebräuchlich, zu verabsäumen, um mich für jeden Schaden zu bewahren. Daher wurde ich, sowie ich geboren, von Kopf bis zu den Füßen mit Salz überschüttet, daher lag auf beiden Seiten meiner Wiege ein Stück Brot und ein hölzerner Stößel, daher wurde in dem Zimmer, wo ich mich befand, eine gute Partie Knoblauch aufgehängt, daher trug ich ein kleines Säckchen um den Hals, worin drei Stückchen Kohle und drei

Salzkörner befindlich. – Sie wissen, bester Oheim, aus dem Sonnini, daß diese vortrefflichen Gebräuche auf den Inseln im Archipelagus stattfinden. – Oh, es war ein hehrer heiliger Moment, als meine Mutter mir das alles entdeckte. – Zum erstenmal in ihrem Leben war sie über mich in lebhaften Zorn geraten. – Es hatte sich nämlich eine Wiesel in unser Zimmer eingefunden, die ich zu verfolgen im Begriff stand, als meine Mutter hinzukam und mich auf das heftigste ausschalt. Dann lockte sie das Tierchen, das sich unter den Schrank geflüchtet hatte, hervor und sprach zu ihm also: ›Beste Dame, sein Sie uns auf das schönste willkommen! – Niemand soll Ihnen Leid zufügen, Sie sind hier zu Hause, alles steht zu Ihren Diensten!‹ – Meiner Mutter Worte kamen mir so spaßhaft vor, daß ich überlaut lachte, das Tier entfloh, aber in demselben Augenblick gab mir die Mutter eine tüchtige Ohrfeige, daß mir der Kopf summte. Ich erhob ein Gebrüll, dessen ich mich noch schäme, doch die gute Mutter wurde davon tief gerührt, schloß mich unter tausend Tränen in ihre Arme und entdeckte mir, daß sie neugriechischer Abkunft sei, rücksichts der Wiesel also nicht anders handeln könne. Dann erfuhr ich die Geschichte vom Bilde. – Sie sind, bester Oheim, gewiß ebensosehr überzeugt als ich, daß das Auffinden der blauen Brieftasche eben der günstige anmutige Zufall ist, den das Bild, die teure Großmutter, geweissagt. Nicht wie ein unbesonnener phantastischer Jüngling, sondern als ein Mann von Mut und Konsequenz handle ich daher, wenn ich mich stracks in den Wagen setze und in einem Strich fortreise bis nach Patras zum Herrn Andreas Condoguri, der mich, als ein artiger Mann, gewiß weiter bescheiden wird. Das sehen Sie gewiß ein, bester Oheim, und trauen mir auch zu, daß ich das hohe, das höchste Glück meines Lebens zu erringen imstande sein werde.«

Der Oheim hatte den Neffen ruhig angehört, jetzt brach er los: »Gott tröste dich, Theodor, aber du bist ein großer Narr. – Deine Mutter, sanft ruhe ihre Asche! war ein wenig phantastisch, und dein Vater hat es mir oft geklagt, daß sie mit dir, als du geboren, allerlei Seltsames vornehmen lassen, das ist wahr. Aber was du da vorbringst von griechischen Prinzessinnen, lebendigen Bildern, eingesalzenen Kindern und Wieseln, das hast du, nimm mir's nicht übel, ausgebrütet in deinem Gehirn, dem wahren Orbis pictus aller Tollheiten und Narrereien! – Nun! – ich will dir und deinem konsequenten Beginnen gar nicht in den Weg treten, fahre ab nach Patras und grüße den Herrn Condoguri. Vielleicht ist dir die Reise recht gesund, vielleicht kommst du, schlagen dich nicht etwa die Türken tot, vernünftig wieder? Vergiß nicht, wenn du auf die Insel kommst, wo der gute Niesewurz wächst, davon tüchtigen und fleißigen Gebrauch zu machen. – Glückliche Reise!«

Damit verließ der prosaische Oheim den exaltierten Neffen.

Als nun der Tag der Abreise sich immer mehr nahte, überfiel den Baron doch ein gewisses Bangen, da jeder von den Gefahren sprach, in die er bei dieser Reise wohl geraten könne.

In einem Anfall von Schwermut, der Folge seines Bangens, setzte er seinen letzten Willen auf, in dem er seine sämtlichen geschriebenen und gedruckten Gedichte der Besitzerin der blauen Brieftasche, seine neugriechischen Kleider aber der Theatergarderobe vermachte. Dann beschloß er außer seinem Jäger und einem jungen Italiener, der einige neugriechische Wörter aufgeschnappt und der ihm zum Dolmetscher dienen sollte, noch einen tüchtigen Märker mit einem Rücken von ungefähr fünftehalb Fuß im Durchmesser mitzunehmen, weshalb der Kutschenbock beträchtlich erweitert werden mußte.

Drei Tage brachte der Baron hin, die nötigen Abschiedsbesuche zu machen. – Eine Reise nach dem romantischen Griechenland – ein geheimnisvolles Abenteuer – ein Abschied auf vielleicht nie Wiedersehen – war das nicht genug, die zartesten Fräuleins in Ekstase zu setzen? – stahlen sich nicht Seufzer aus der Brust der Schönsten, wenn der Baron die schönen Bildchen der holden Insulanerinnen hervorzog, die er bei Gaspare Weiß gekauft, um interessanter von dem Griechenland sprechen zu können, das er nun schauen würde? – Konnte eine einzige das: »Adieu, mon cher Baron!«, herausbringen ohne merkliches Schluchzen? – Schüttelten die ernsthaftesten sowie die leichtsinnigsten Männer dem Baron nicht wehmütig die Hand und sprachen: »Möge ich Sie gesund, froh und glücklich wiedersehen, bester Baron! – Sie machen eine schöne Reise!«

Überall fiel der Abschied rührend und herzerhebend aus. – Viele zweifelten in der Tat, den jungen Abenteurer jemals wiederzusehen, und Trübsinn verbreitete sich in den Zirkeln, deren Zierde er gewesen! – Der Wagen stand hochbepackt vor der Türe. Der Baron, unter dem Reisemantel neugriechisch gekleidet, setzte sich ein, der Jäger und der breite Märker, mit Büchsen, Pistolen und Säbeln bewaffnet, bestiegen den Bock, der Postillon stieß lustig ins Horn, und fort ging's im vollen Trabe durch das Leipziger Tor nach Patras!

In Zehlendorf steckte der Baron den Kopf zum Fenster heraus und rief in barschem Ton, man solle nicht lange trödeln beim Umspannen, er sei in größter Eil. Da fiel ihm der junge Professor ins Auge, den er erst vor wenigen Tagen kennengelernt und der den größten Enthusiasmus für die Reise nach Griechenland bewiesen.

Der Professor kam eben von Potsdam zurück, sowie er den Baron gewahrte, sprang er an den Wagen und rief: »Glückseligster aller Barone, ich merk es, fort geht's nach Griechenland, aber gönnen Sie mir einige Augenblicke, um Ihnen noch einige wichtige Notizen, wie ich sie aus der Bartholdyschen Reise entnommen, aufzuschreiben zu weiterer Nachforschung. Auch füge ich noch manches hinzu zu gütiger Erinnerung, zum Beispiel wegen der türkischen Pantoffeln.« – »Den Bartholdy«, fiel der Baron dem Professor in die Rede, »habe ich selber im Wagen, und was die versprochenen Pantoffeln betrifft, so erhalten Sie die schönsten, die es gibt, und sollte ich sie diesem oder jenem Pascha von den Füßen ziehen. Denn, o Professor, Sie haben mich bestärkt in meinem Glauben, in meiner Überzeugung, und fleißig werd ich auf klassischem Boden in den Taschen-Homer kucken, der mir ein teures wertes Geschenk ist. Zwar verstehe ich kein Griechisch, aber das findet sich, denk ich, von selbst, wenn ich erst im Lande bin. – Man sagt ja so im Sprichwort: ›Das gibt sich wie das Griechische.‹ – Doch, schreiben Sie, Bester, schreiben Sie, denn noch läßt sich kein Pferdekopf blicken.«

Der Professor zog eine Schreibtafel hervor und begann die Notizen, wie sie ihm eben zu Sinn kamen, aufzuschreiben. Währenddessen öffnete der Baron die Mappe, um nachzusehen, ob auch seine Briefschaften in gehöriger Ordnung. Da fiel ihm jenes Haude- und Spenersche Zeitungsblatt in die Hände, das er auf dem Kasino fand und das der Anlaß seines ganzen Beginnens, seiner weiten gefahrvollen Reise.

»Verhängnisvolles Blatt«, sprach er mit Pathos, »verhängnisvolles, jedoch teures liebes Blatt, du erschlossest mir das schönste Geheimnis meines Lebens! – Dir danke ich all mein Hoffen – Sehnen – mein ganzes Glück! – Anspruchslos – grau – löschpapieren – ja, ein wenig schmutzig, wie du dich gestaltest, trägst du doch den Edelstein in dir, der mich so reich machte! – O Blatt, wie bist du doch ein Schatz, den ich ewig bewahren werde, o Blatt der Blätter!«

»Welches Blatt«, unterbrach der Professor den Baron, indem er ihm die fertigen Notizen hinreichte, »welches Blatt setzt Sie in solche Ekstase, bester Baron?«

Der Baron erwiderte, daß es jenes verhängnisvolle Haude- und Spenersche Zeitungsblatt sei, in dem die Aufforderung an den Finder der blauen Brieftasche stehe, und reichte es dem Professor hin. Der Professor nahm es, warf einen Blick darauf – fuhr zurück, wie plötzlich erstaunend – sah schärfer hinein, als wenn er seinen Augen nicht trauen wollte – rief dann mit starker Stimme: »Baron! – Baron! – bester Baron! – Sie wollen nach Griechenland? nach Patras – zum Herrn Condoguri? – O Baron! – bester Baron!« –

Der Baron sah hinein in das Blatt, das der Professor ihm dicht vor die Augen hielt, und sank dann wie vernichtet zurück in den Wagen.

In dem Augenblick kamen die Pferde, der Wagenmeister trat höflich an den Schlag und entschuldigte, daß die Pferde etwas länger ausgeblieben als recht, doch solle nun der Herr Baron in längstens anderthalb Stündchen in Potsdam sein.

Da schrie der Baron mit entsetzlicher Stimme: »Fort! – zurück nach Berlin – zurück nach Berlin!« – Der Jäger und der Märker sahen sich erschrocken um, der Postillon sperrte das Maul auf. Aber immer heftiger schrie der Baron: »Nach Berlin – hast du Ohren, Schurke! – einen Dukaten Trinkgeld, Bestie, einen Dukaten – aber fahre – fahre wie der Sturmwind – galoppiere, Kanaille – galoppiere, Unglückskind – einen Dukaten bekömmst du.«

Der Postillon lenkte um und jagte im brausenden Galopp fort nach Berlin!

Der Baron hatte nämlich, als ihm das Haude- und Spenersche Zeitungsblatt in die Hände fiel, eine Kleinigkeit übersehen, das heißt die Jahreszahl. – Ein Stück der vorjährigen Zeitung, ein Makulaturblatt, worin vielleicht etwas eingeschlagen, oder das sonst ein Zufall auf einen Tisch ins Kasino gebracht, hatte er gelesen, und so war eben heute, am vierundzwanzigsten Julius, als der Baron nach Patras abreisen wollte, das Jahr verflossen, das in jener Aufforderung zur Frist bestimmt, nach Griechenland zu reisen oder bei der Madame Obermann in der »Sonne« sich einzufinden und die Entwikkelung des Abenteuers abzuwarten.

Was konnte der Baron nun wohl anders tun, als so schnell als möglich nach Berlin zurück- und einkehren in der »Sonne«, welches er denn auch wirklich tat.

Traum und Wahrheit

»Welch ein Verhängnis«, sprach der Baron, als er sich in der »Sonne«, und zwar in Nr. 14, auf dem Sofa lang ausstreckte, »welch ein geheimnisvolles Verhängnis treibt sein Spiel mit mir? – War das Patras, wo ich mich befand? – War das Herr Andreas Condoguri, der mir den weitern Weg wies? – Nein! – *Zehlendorf* war das Ziel meiner Reise – es war der Wagenmeister, der mich hieher wies, und auch der Professor konnte nur der tote Hebel sein, der unbekannte Kräfte in Bewegung setzte!«

Der Jäger trat hinein und berichtete, daß selbigen Tages durchaus weiter keine fremde Herrschaft eingetroffen sei. Das schlug den Baron, dem die Entwickelung des Abenteuers, der Aufgang des Geheimnisses die Brust spannte, nicht wenig nieder. Er bedachte indessen, daß der Tag ja bis nach Mitternacht fortdauere und man erst, nachdem es zwölf geschlagen, mit gutem Gewissen schreiben könne: am fünfundzwanzigsten Julius, ja daß strenge Leute dies erst nach dem Schlage *eins* täten, und dies gab ihm Trost.

Er beschloß, mit erzwungener Ruhe auf dem Zimmer bleibend, abzuwarten, was sich ereignen werde, und sah es, unerachtet er an nichts denken wollte als an das schöne Geheimnis, an das holde Zauberbild, das ja sein ganzes Innres erfüllen mußte, doch nicht ungern, als auf den Punkt zehn Uhr der Kellner erschien und einen kleinen Tisch deckte, auf dem bald ein feines Ragout dampfte. Der Baron fand es nötig und seiner innern Stimmung gemäß, ätherisches Getränk zu genießen, und befahl Champagner. – Als er den letzten Bissen eines gebratenen Huhns verzehrt, rief er aus: »Was ist irdisches Bedürfnis, wenn der Geist das Göttliche ahnet!«

Damit setzte er sich, Beine untergeschlagen, auf das Sofa, nahm die Chitarre zur Hand und begann neugriechische Romanzen zu singen, deren Worte er mit Mühe aussprechen gelernt und die nach den selbst komponierten Melodien abscheulich genug klangen, um für etwas sehr Absonderliches und Charakteristisches zu gelten, und weshalb er sie auch den Fräuleins A. bis Z. niemals vorgesungen, ohne das tiefste Erstaunen, ja einiges angenehme Entsetzen zu erregen. – Der Begeisterung halber ließ der Baron, nachdem er eine Flasche Champagner geleert, noch eine zweite kommen. Plötzlich war es dem Baron, als machten sich die Akkorde, die er anschlug, ganz los von dem Instrument und schwämmen, voller und herrlicher tönend, frei in den Lüften. Dazu sang eine Stimme in seltsamen unbekannten Weisen, und der Baron vermeinte, sein Geist sei es, der entfesselt sich erhebe im himmlischen Melos. Bald wurde ein geheimnisvolles Flüstern vernehmbar. – Es rauschte an der Türe, sie sprang auf, hinein trat eine hohe herrliche Frauengestalt, in dichte Schleier gehüllt. – »Sie ist es – sie ist es«, rief der Baron im Übermaß des Entzückens, stürzte nieder auf die Knie und reichte der Gestalt die blaue Brieftasche dar. Da schlug die Frau die dichten Schleier zurück, und, durchbebt von aller Lust des Himmels, konnte Theodor kaum den Glanz überirdischer Schönheit ertragen! Die holde Jungfrau nahm die Brieftasche und musterte sorglich den Inhalt. Dann beugte sie sich herab zu Theodor, der noch immer anbetend auf den Knien lag, hob ihn auf und sprach mit dem süßesten Wohllaut: »Ja, du bist es, du mein Theodor! – ich habe dich gefunden!« – »Ja, er ist es, Signor Theodoro, den du fandest!« – So sprach eine tiefe Stimme, und der Baron merkte nun erst eine kleine, sehr seltsame Gestalt, die hinter der Jungfrau stand, in einen roten Talar gehüllt und eine feurig glänzende Krone auf dem Haupte. – Des Kleinen Worte wurden, sowie sie ausgesprochen, zu Bleikugeln, die an Theodors Gehirn anprallten, und so konnt es nicht fehlen, daß dieser etwas erschrocken zurückwich.

»Erschrick nicht«, sprach die Jungfrau, »erschrick nicht, Hochgeborner! der Kleine dort ist mein Oheim, der König von Candia, er tut niemanden etwas zuleide. Hörst du denn nicht, Bester, daß die Steinamsel singt, und kann denn Böses geschehen?«

Erst jetzt war es dem Baron möglich, Worte herauszupressen aus der beengten Brust. »So ist es denn wahr«, sprach er, »was mir Träume, was mir süße Ahnungen sagten? – so bist du denn mein, du der Frauen herrlichste und hehrste? – doch erschließe mir das herrliche Geheimnis deines – meines Lebens!«

»Nur«, erwiderte die Jungfrau, »nur dem Geweihten erschließt sich mein Geheimnis, nur der heilige Schwur gibt die Weihe! – Schwöre, daß du mich liebst!«

Von neuem stürzte der Baron nieder auf die Knie und sprach: »Ich schwöre bei dem heiligen Mond, der herabschimmert auf Paphos' Fluren!« – »O schwöre«, fiel die Jungfrau ihm mit Julias Worten in die Rede, »o schwöre nicht beim Mond, dem Wandelbaren, der immerfort die Scheibe wechselt, damit nicht wandelbar dein Lieben sei! – Doch du gedachtest, süßer Romeo, der heiligen Stätte, wo die schauerliche Stimme des Orakels forttönt aus alter grauer Zeit und der Menschen düsteres verschleiertes Schicksal enthüllt! – Der Oberkonsistorialrat wird uns den Eintritt in den Tempel nicht verwehren! – Eine andere Weihe soll dich fähig machen, mit mir hinzueilen und den König von Candia abzufertigen mit schnöder Rede, sollt es ihm einfallen, grob gegen dich zu sein, wie es ihm manchmal zu Sinne kommt.« Zum zweitenmal richtete die Jungfrau den Baron in die Höhe, nahm aus der blauen Brieftasche das Messerchen, entblößte dem Baron den linken Arm und öffnete ihm, ehe er sich's versah, eine Ader. Das Blut spritzte empor, und der Baron fühlte den Schwindel der Ohnmacht. – Doch alsbald schlang die Jungfrau das magische Band um den Arm des Barons und zugleich um den ihrigen. Da stieg ein bläulicher Duft aus der Brieftasche, verbreitete sich im Zimmer, stieg durch die Decke, welche verschwand. Die Mauern schoben sich fort, der Fußboden versank, der Baron schwebte, von der Jungfrau umschlungen, im weiten lichten Himmelsraume. »Halt«, kreischte der

König von Candia, indem er den Baron beim Arm festpackte, »halt, das leid ich nicht, ich muß auch dabeisein!« Doch der Baron fuhr ihn an, sich mit Gewalt losmachend: »Sie sind ein naseweiser Patron und kein König, denn ich müßte weniger Statistiker sein, als ich es wirklich bin, um nicht zu wissen, daß es gar keinen König von Candia gibt. Sie stehen ja in keinem Staatskalender und könnten, wär es der Fall, höchstens als Druckfehler passieren! – Fort, sag ich, scheren Sie sich fort hier aus der Luft!« – Der Kleine fing an auf sehr unangenehme Weise zu grunzen, da berührte die Jungfrau sein Haupt, er kroch zusammen und schlüpfte in die Brieftasche, die die Jungfrau an einer goldenen Kette um den Hals gehängt, wie ein Amulett.

»O Baron«, sprach die Jungfrau, »du hast Mut, und nicht fremd blieb dir die göttliche Grobheit! – doch sieh, schon naht sich das Geschwader aus Paphos!«

Der Blumenthron aus »Armida« ließ sich herab aus der Höhe, von hundert Genien umgeben. Der Baron stieg hinein mit der Jungfrau, und nun ging's fort sausend und brausend durch die Lüfte. »O Gott«, rief der Baron, als er immer schwindlichter und schwindlichter wurde, »o Gott, hätte ich doch nur nach dem anmutigen Beispiel geschätzter gräflicher Freunde eine einzige Luftfahrt mit Herrn oder Madame Reichardt gemacht, so wär ich ein Baron von Erfahrung und verstände mich auf solche Luftsegelei – aber nun – Was hilft es mir, daß ich auf Rosen sitze neben dem himmlischen Zauberbilde, bei dem verfluchten Schwindel, der mir das Innerste umdreht.«

In dem Augenblick schlüpfte der König von Candia

aus der Brieftasche und hing sich, indem er wieder schrecklich pfiff und grunzte, an die Füße des Barons, so daß dieser, vom Throne hinabrutschend und nur mit Mühe immer wieder hinaufrutschend, sich kaum oben erhalten konnte. Immer schwerer und schwerer wurde der fatale candiasche König, bis er den armen Baron ganz hinabzog. – Die Rosenkette, an der er sich festhalten wollte, zerriß, er stürzte mit einem Schrei des Entsetzens hinunter und – erwachte! – Die Morgensonne schien hell ins Zimmer! – Der Baron konnte kaum zu sich selbst kommen, er rieb sich die Augen, er fühlte einen lebhaften Schmerz in den Beinen und im Rücken. – »Wo bin ich!« rief er, »welche Töne!« – Das Pfeifen, Brummen und Grunzen des Königs von Candia dauerte fort. Endlich raffte sich der Baron auf vom Fußboden, wo er neben dem Sofa gelegen, und entdeckte bald die Ursache des seltsamen Tönens. Im Lehnstuhl lag nämlich der Italiener und schnarchte fürchterlich. Die Chitarre, die neben ihm auf der Erde lag, schien seinen Händen entsunken. – »Luigi – Luigi, erwachen Sie!« rief der Baron, indem er den Italiener rüttelte. Der konnte sich aber schwer von völliger Schlaftrunkenheit erholen. Endlich erzählte er auf dringendes Befragen, daß der Herr Baron – mit gütiger Erlaubnis – gestern abend, vermutlich wegen großer Müdigkeit von der Reise, nicht recht bei Stimme gewesen und, wie es manchmal dem besten Sänger geschehe, wirklich etwas gräßliche Töne von sich gegeben hätte. Dadurch wäre er veranlaßt worden, dem Herrn Baron leise – leise die Chitarre aus der Hand zu nehmen und ihnen hübsche italienische Kanzonetten vorzusingen, worüber der Herr Baron in der etwas unbequemen orientalischen Stellung mit untergeschlagenen Beinen fest eingeschlafen. Er – sonst eben kein Liebhaber von Wein, habe sich die Erlaubnis genommen, den kleinen Rest des Champagners auszutrinken, den der Herr Baron übriggelassen, und sei dann ebenfalls in tiefen Schlaf gesunken. In der Nacht sei es ihm gewesen, als höre er dumpfe Stimmen, ja als würde er gerüttelt mit Gewalt. Zwar sei er halb und halb erwacht, und es habe ihm geschienen, als erblicke er fremde Personen im Zimmer und höre ein Frauenzimmer Griechisch sprechen, aber, wie verhext, habe er die Augen nicht offenbehalten können und sei ganz betäubt wieder eingeschlafen, bis der Herr Baron ihn jetzt erst aufgeweckt.

»Was ist das«, rief der Baron, »war es Traum, war es Wahrheit? – Befand ich mich wirklich mit ihr, mit dem Leben meiner Seele auf der Reise nach Paphos und riß mich eine dämonische Gewalt herab? – Ha! – soll ich untergehen in diesen Geheimnissen? Hat mich eine graumsame Sphinx erfaßt und will mich hinunterschleudern in den bodenlosen Abgrund? Bin ich –«

Der Jäger, der mit dem Portier des Hauses eintrat, unterbrach den Monolog des Barons. Beide erzählten ein seltsames Ereignis, das sich in der Nacht begeben.

Auf den Schlag zwölf Uhr (so sagten sie) sei ein schöner, schwerbepackter Reisewagen vorgefahren und eine große verschleierte Dame ausgestiegen, die in gebrochenem Deutsch sich sehr eifrig erkundigt, ob nicht den Tag ein fremder Herr angekommen. Er, der Portier, der damals noch nicht den Namen des Herrn

Barons gewußt, habe nichts anders sagen können, als daß allerdings ein junger hübscher Herr eingekehrt sei, den er seiner Kleidung nach für einen reisenden Armenier oder Griechen von Stande halten müsse. Da habe die Dame sehr vergnügt getan, ja wie außer sich mehrmals hintereinander gerufen: »Eccolo – eccolo – eccolo!« welches nach dem bißchen Italienisch, das er verstehe, soviel hieße als: »Da ist er – da ist er!« – Die Dame habe dringend verlangt, sogleich in das Zimmer des Herrn Barons geführt zu werden, und behauptet, daß der eingekehrte Herr ihr Gemahl sei, den sie schon seit einem Jahr suche. Eben deshalb habe er aber große Bedenken getragen, ihrem Verlangen nachzugeben, da man doch nicht wissen könne – Genug, er habe den Jäger geweckt, und erst als dieser den Herrn Baron namentlich genannt und auf sein heiliges Wort versichert, daß Hochdieselben unverheiratet, wären sie getrost hinaufgestiegen nach dem Zimmer des Herrn Barons, das sie unverriegelt gefunden. Der Dame auf dem Fuße sei etwas gefolgt, woraus sie nicht recht klug werden können, da es aber aufrecht auf zwei Beinen gegangen, so habe es ihnen beinahe scheinen wollen, als sei es ein kleiner kurioser Mann. Die Dame sei auf den Herrn Baron, der, auf dem Sofa sitzend, fest eingeschlafen, zugeschritten, habe sich über ihn hingebeugt, ihm ins Gesicht geleuchtet, dann sei sie aber wie im jähen Schreck zurückgefahren und habe mit einem Ton, der ihnen recht ins Herz geschnitten, mehrere unverständliche Worte gesprochen, wozu das, was ihr nachgefolgt, recht hämisch gelacht. Nun habe sie den Schleier zurückgeworfen, ihn, den Portier, mit zornfunkelnden

Augen angeblickt und etwas gesagt, was dem Herrn Baron wiederzusagen ihm die Ehrfurcht gebiete.

»Heraus damit«, sprach der Baron, »ich will, ich muß alles wissen!«

Wenn der Herr Baron, erzählte der Portier weiter, es nicht ungnädig aufnehmen wollten, so habe ihn die fremde Dame mit den Worten angefahren: »Unglücksvogel, es ist nicht mein Gemahl, es ist der schwarze Hasenfuß aus dem Tiergarten!« – Herrn Luigi, der sehr geschnarcht, hätten sie indessen aus dem Schlafe aufrütteln wollen, um mit der Dame zu reden, er sei aber durchaus nicht zu erwecken gewesen. – Die Dame habe nun fort wollen, in dem Augenblick aber eine kleine blaue Brieftasche gewahrt, die auf dem Tische gelegen. Diese Brieftasche habe die Dame mit Heftigkeit ergriffen, sie dem Herrn Baron in die Hand gegeben und sei hingekniet neben dem Sofa. Sehr seltsam sei es nun anzusehen gewesen, wie der Herr Baron im Schlafe gelächelt und die Brieftasche der Dame dargereicht, die sie schnell in den Busen gesteckt. – Nun habe die Dame das Ding, was ihr gefolgt, auf den Arm genommen, sei mit unglaublicher Schnelligkeit die Treppe hinab in den Wagen geeilt und davongefahren. – Der Portier setzte insbesondere hinzu, daß die Dame ihn zwar dadurch tief gekränkt, daß sie ihn, der seit dreißig Jahren sein Bandelier und seinen Degen mit Ruhm und Ehre getragen, einen Vogel geheißen, indessen wolle er gern noch viel mehr als das ertragen, wenn es ihm vergönnt sein könne, die Dame nur noch ein einziges Mal zu schauen, denn eine ausnehmendere Schönheit habe er in seinem ganzen Leben nicht geschaut.

Dem Baron zerriß die ganze Erzählung das Herz. Es war gar nicht daran zu zweifeln, daß die fremde Dame die Griechin, die Besitzerin der blauen Brieftasche, daß der kleine unförmige Mann der Magus gewesen, von dem in dem Blättlein der Unbekannten die Rede. – Und den wichtigsten Moment seines Lebens hatte er verschlafen! – Das bitterste Gefühl erweckte ihm aber der schwarze Hasenfuß aus dem Tiergarten, den er nicht wohl auf jemanden anders als auf sich selbst beziehen konnte und der alles Günstige und Glückliche, das er aus dem Blättlein rücksichts seines Ichs herausbuchstabierte, zu vernichten schien. Nächstdem war ihm die Art, wie er um das teure Besitztum der Brieftasche nebst ihrem geheimnisvollen Inhalt gekommen, nur zu empfindlich.

»Unglücklicher«, fuhr er den Jäger an, »Unglücklicher, sie war es, sie war es selbst, und du wecktest mich nicht – sie! – mein Abgott! – mein Leben! – sie, der ich nachreisen wollte nach dem fernen Griechenland!« – Der Jäger erwiderte mit pfiffiger Miene, daß, wenn sie, die Dame, auch die rechte gewesen, es ihm doch geschienen, als sei der Herr Baron nicht der rechte gewesen, und da habe es des Aufweckens wohl nicht erst bedurft!

Gar peinlich war es für den Baron, täglich, ja stündlich mit kaum unterdrücktem Lachen gefragt zu werden, wie er so schnell habe aus Griechenland zurückkehren können? – Er schützte, da er, rückte er mit der Wahrheit heraus, sich offenbar noch größerem Gelächter preisgegeben, Krankheit vor und wurde aus Ärger und Sehnsucht wirklich so krank, daß sein Arzt nur in dem Gebrauch des stärksten, oft fürchterlich wirkenden Mineralbades, dessen Kraft die stärksten Naturen niederwirft, Rettung für sein Leben fand. – Er mußte nach Freienwalde reisen!

Der Zauber der Musik

Eigentlich wollte der Baron von Freienwalde sogleich nach Mecklenburg gehen zu seinem alten Oheim, indessen fühlte er doch, als das Mineralwasser seine Wirkung getan, eine unüberwindliche Sehnsucht nach der Residenz und langte in den letzten Tagen des Septembers glücklich wieder in Berlin an. – Da er nun wirklich eine Reise gemacht, zwar nicht nach Patras, aber doch nach Freienwalde, so konnte er schon mit mehrerer Festigkeit auftreten und den hämischen Lachern dreist ins Gesicht blicken. Kam noch hinzu, daß er von der Reise nach Griechenland, die er hatte unternehmen *wollen*, allerliebst und sogar tiefsinnig und gelehrt zu sprechen wußte, so konnt es gar nicht fehlen, daß er, seine ganze Liebenswürdigkeit wiedergewinnend, jeden Spott niederschlug und der Abgott mehrerer Fräuleins wurde, wie er es sonst gewesen.

Eines Tages, als schon die Sonne zu sinken begann, war er im Begriff hinauszugehen in den Tiergarten, als auf dem Pariser Platz, dicht vor dem Brandenburger Tor ihm ein Paar ins Auge fiel, das ihn festwurzelte an den Boden. – Ein sehr kleiner verwachsener, krummbeinichter alter Mann, auf groteske Weise altmodisch gekleidet, mit einem großen Blumenstrauß vor der

Brust, ein sehr hohes spanisches Rohr in der Hand, führte eine fremdartig gekleidete verschleierte Dame von edlem Wuchs und majestätischer Haltung. Das Seltsamste war wohl gewiß der Haarzopf des Alten, der unter dem kleinen Hut sich hervorschlängelte bis auf die Erde. Zwei muntre Gassenbüblein von der angenehmen Rasse, die im Tiergarten Glimmstengel avec du feu auszubieten pflegt, mühten sich, dem Alten auf den Zopf zu treten, das war aber unmöglich, denn in aalartigen Krümmungen und Windungen entschlüpfte er ihren Fußtritten. Der Alte schien nichts davon zu bemerken. – Gut ist es, daß Herr Wolf gerade vorüberging, ebenfalls so wie der Baron von S. das wunderliche Paar scharf ins Auge faßte und dadurch in den Stand gesetzt wurde, den kleinen Alten und seine Dame mit der vollendetsten Proträtähnlichkeit zu zeichnen. Der geneigte Leser darf nur beistehendes Blättlein anzuschauen belieben, und jede weitere Schilderung wird ganz überflüssig. – Das Herz bebte dem Baron, geheimnisvolle Ahnungen stiegen in ihm auf, aber niedersinken hätte er mögen in den schnöden Staub des Pariser Platzes, als die Dame sich nach im umschaute, als ihn wie ein Blitz, der durch finstre Wolken zuckt, durch den dichten Schleier der zündende Blick der schönsten schwarzen Augen traf.

Endlich faßte sich der Baron und begriff schnell, daß der Mutwille der Gassenbuben ihm sogleich die Bekanntschaft des Alten und der Dame verschaffen könne. Mit vielem Geräusch verjagte er die Jungen, näherte sich dann dem Alten und sprach, den Hut höflich abziehend: »Mein Herr, Sie bemerken nicht, daß kleine Bestien von

Straßenbuben es darauf angelegt haben, Ihren schönen Haarzopf zu ruinieren durch Fußtritte.«

Der Alte sah dem Baron, ohne im mindesten seine Höflichkeit zu erwidern, starr ins Gesicht und schlug dann eine schallende Lache auf, worin die Gassenbuben nebst dem Sukkurs, den sie vom Brandenburger Tor herbeigeholt, einstimmten, so daß der Baron ganz beschämt dastand und nicht recht wußte, was er nun beginnen sollte.

Indessen schritt das Abenteuer langsam fort durch die Linden, der Baron warf einige Münze unter die Eleven der Pflanzschule für Spandau und folgte dann dem Paar, das zu seiner großen Freude einkehrte in den Konditorladen bei Fuchs.

Als der Baron eintrat, hatte der Alte mit der Dame schon Platz genommen in dem heimlichen, mit Weinlaub dekorierten Spiegelkabinett. Der Baron setzte sich in das anstoßende Zimmer, und zwar so, daß er das Paar in den Spiegeln genau erblicken konnte.

Der Alte sah sehr mürrisch vor sich nieder, die Dame sprach ihm heftig, jedoch so leise ins Ohr, daß der Baron kein einziges Wort vernehmen konnte. Jetzt kam, was sie bestellt, Eis, Kuchen, Likör. Die Dame faßte den Alten ans Hinterhaupt, und der Baron gewahrte zu seinem nicht geringen Erstaunen, daß sie den Haarzopf abschraubte, den sie dann öffnete wie ein Etui, und Serviette, Messer, Löffel herausnahm. Die Serviette band sie dem Alten um den Hals, wie man es bei Kindern zu tun pflegt, damit sie sich nicht beschmutzen. Der Alte blickte, plötzlich heiter geworden, mit seinen kohlschwarzen Augen die Dame sehr freundlich an und aß mit widrigem Appetit Eis und Kuchen. Jetzt schlug endlich die Dame den Schleier zurück, und in der Tat, man durfte weniger reizbar sein als der Baron, um doch wie dieser ganz hingerissen zu werden von der ausnehmenden Schönheit der Fremden. Mancher hätte vielleicht, nachdem er den ersten Turandotsblick ertragen, behauptet, es fehle dem Gesicht, der ganzen Gestaltung der Fremden jene Anmut, die, alle strenge Regel der Form verspottend, unwiderstehlich siegt, und ein andrer vielleicht vorgeben können, daß der seltsame Isis-Schnitt der Augen und der Stirn ihm etwas unheimlich bedünken wolle. – Genug! – die Fremde mußte jedem für eine gar wunderbare Erscheinung gelten! – Der Baron quälte sich damit, wie er es anfangen solle, sich auf schickliche Weise mit dem fremden Paare in Rapport zu setzen. – Wie, dacht er endlich, wenn du den Zauber der Musik ausströmen ließest, um das Gefühl der Schönsten aufzuregen! – Gedacht, getan, er setzte sich an das schöne Kistingsche Instrument, das bekanntlich in dem Zimmer des Fuchsischen Konditorladens steht, und begann auf eine Weise zu phantasieren, die wenigstens ihm, wenn auch nicht andern, göttlich, sublim vorkam. – Gerade bei einem säuselnden Pianissimo rauschte es im Kabinett, er blickte ein wenig seitwärts und gewahrte, daß die Dame aufgestanden. Dagegen lag oder sprang und hüpfte vielmehr auf dem Platz, wo sie gesessen, der Haarzopf des Alten, bis dieser ihn mit der flachen Hand niederklatschte und laut rief: »Kusch – kusch, Fripon!« – Etwas erschrocken über die seltsame Natur des Zopf-Fripons, fiel der Baron sogleich in ein Fortissimo und ging dann über in schmelzende Melodien. Da vernahm er, wie die Dame, verlockt von süßer Töne Gewalt, sich leisen Trittes ihm nahte und hinter seinen Stuhl trat. – Alles, was er bis jetzt Schmachtendes und Zärtliches von allen italienischen Maestros, von allen inis – anis – ellis und ichis gehört, kam an die Reihe. – Er wollte schließen im rauschenden Entzücken, da hörte er dicht hinter sich tief aufseufzen. – Nun ist es Zeit, dacht er, sprang auf und – blickte dem Rittmeister von B. ins Auge, der sich indessen hinter seinen Stuhl gestellt und nun versicherte, daß der Baron sehr unrecht tue, dem Herrn Fuchs die Gäste zu verscheuchen durch sein entsetzliches Lamentieren und Wirtschaften auf dem Piano. Soeben habe wieder eine fremde Dame alle mögliche Zeichen der Ungeduld blicken lassen und sei endlich mit ihrem Begleiter, einem kleinen possierlichen Mann, schnell entflohen.

»Was? – entflohen! –« rief der Baron ganz bestürzt, »entflohen aufs neue?« Der Rittmeister erfuhr nun von dem Baron in aller Eil genug, um einzusehen, welches interessante Abenteuer unterbrochen. – »Sie ist es – Sie ist es! Ha, meine Ahnung hat mich nicht getäuscht!« So schrie der Baron, da der Rittmeister als etwas Absonderliches bemerkte, daß die Dame eine kleine himmelblaue Brieftasche an einer goldnen Kette um den Hals gehängt gehabt. Herr Fuchs, der gerade in der Türe des Ladens gestanden, hatte gesehen, wie der kleine Alte einen herbeieilenden Halbwagen heranwinkte, mit der Dame hineinstieg und dann wegfuhr mit Blitzesschnelle. Man erblickte noch den Wagen ganz am Ende der Linden nach dem Schlosse zu.

»Ihr nach – ihr nach«, rief der Baron, »nimm mein Pferd!« der Rittmeister.

Der Baron schwang sich auf und setzte dem mutigen Roß die Hacken in die Rippen, das aber bäumte sich und brauste dann, freie Kraft und freien Willen übend, wie der Sturmwind fort durch das Brandenburger Tor geraden Strichs nach Charlottenburg, wo der Baron wohlbehalten und eben zu rechter Zeit ankam, um bei der Madame Pauli mit mehreren Bekannten ein Abendessen einzunehmen. Man hatte ihn kommen sehen und rühmte allgemein den scharfen und mutigen Ritt um so mehr, da man gar nicht gewußt, daß der Baron sicher und gewandt genug reite, um es mit einer solchen scheuen wilden Bestie aufzunehmen, als des Rittmeisters Pferd es sei.

Dem Baron war im Innern zumute, als müsse er sein Dasein verfluchen.

Der griechische Heerführer. Das Rätsel

Vielen Trost gab dem Baron die Überzeugung, daß der Gegenstand seines Sehnens und Hoffens doch nun gewiß in den Mauern von Berlin sich befinde und daß jeden Augenblick ein günstiger Zufall ihm das seltsame Paar wieder zuführen könne. Unerachtet der Baron aber mehrere Tage unablässig vom frühen Morgen bis in den späten Abend die Linden durchstrich, so ließ sich doch keine Spur sehen, weder von dem Alten noch von der Dame.

Sehr vernünftig und geraten schien es daher, sich auf das Fremden-Bureau zu begeben und dort nachzuforschen, wo das seltsame Paar, das am vierundzwanzigsten Julius in der Nacht einpassiert, hingekommen.

Dies tat der Baron und entwarf zugleich dem Beamten ein sehr treues Bild des wunderlichen Kleinen und der griechischen Dame. Der Beamte meinte indessen, da von den einpassierten Fremden keine Steckbriefe entworfen würden, so könne ihm jene Schilderung wenig helfen, nachsehen wolle er jedoch, was für Fremde überhaupt in jener Nacht angelangt. Außer dem griechischen Kaufmann Prosocarchi von Smyrna fand sich indessen kein Ankömmling von fremdartiger Natur, lauter Amtsräte, Justizaktuarien und so weiter aus der Provinz waren am vier- und fünfundzwanzigsten Julius durch die Tore von Berlin hineingefahren. Besagter Kaufman Prosocarchi war aber ohne alle Begleitung angekommen, schon deshalb konnte es nicht der kleine Alte sein, zum Überfluß begab sich aber der Baron zu ihm hin und fand einen schönen großen Mann von angenehmer Bildung, dem er mit Vergnügen einige Pastilles du scrail und auch Balsam von Mekka, der das verstauchte Bein des Magus kuriert, abkaufte. Prosocarchi meinte übrigens auf Befragen, ob er nichts von einer griechischen Fürstin wisse, die sich in Berlin aufhalte, daß dies wohl nicht der Fall sein werde, da er sonst schon gewiß einen Besuch von ihr erhalten. Übrigens aber sei es gewiß, daß sich ein vertriebener Primat von Naxos aus einer uralten fürstlichen Familie mit seiner Tochter in Deutschland umhertreibe, den er indessen niemals gesehen.

Was blieb dem Baron übrig, als jeden Tag, wenn die Witterung günstig, nach jener verhängnisvollen Stelle im Tiergarten zu wallfahrten, wo er die Brieftasche gefunden und die, wie es aus dem darin befindlichen Blättlein zu entnehmen, der Lieblingsplatz der Griechin geworden.

»Es ist«, sprach der Baron, als er auf der Bank saß bei der Statue des Apollo, zu sich selbst, »es ist gewiß, daß sie, die Herrliche, Göttliche, mit ihrem krummen Magus diesen Platz öfters besucht, aber wie ist es möglich, hilft nicht ein glücklicher Zufall, daß ich den Augenblick treffe, wenn sie zugegen? – Nimmer – nimmer sollt ich diesen Ort verlassen, ewig hier weilen, bis ich sie gefunden!«

Aus diesem Gedanken entstand der Entschluß, gleich hinter der verhängnisvollen Bank, neben dem Baum mit der Inschrift eine Einsiedelei anzulegen und fern von dem Geräusch der Welt in wilder Einöde ganz dem Schmerz der sehnsuchtsvollen Liebe zu leben. Der Baron überlegte, auf welche Weise er bei der Regierung zu Berlin um die Erlaubnis nachsuchen müsse zum beschlossenen Bau und ob er nicht zu dem Eremitenkleid auch einen falschen Bart tragen solle, den er dann, wenn er sie gefunden, mit vieler Wirkung herabreißen könne vom Kinn. Während diesen Betrachtungen war es aber ziemlich finster geworden, und der rauhe Herbstwind, der durch die Bäume strich, mahnte den Baron, daß es, da die Einsiedelei noch nicht stehe, geraten sein würde, anderswo Dach und Fach zu suchen. – Wie bebte ihm aber das Herz, als er, aus dem dichten Laubgange herausgetreten, den Alten mit der verschleierten Dame vor sich herschreiten sah. Beinahe besinnungslos stürzte er dem Paar nach und rief ganz außer sich: »O mein Gott – endlich – endlich – ich bin's – Theodor – die blaue Brieftasche!« – »Wo ist sie, die Brieftasche – haben Sie sie gefunden? – Gott sei gedankt!« – So rief der Kleine, indem er sich umwandte. Und dann: »Ha, sind Sie es, bester Baron? – Nun, das ist ein wahres Glück, ich gab mein Geld schon verloren.«

Niemand anders aber war der Kleine, als der Bankier Nathanael Simson, der mit seiner Tochter eben von einem Spaziergange zurückkehrte nach seiner im Tiergarten belegenen Wohnung. Man kann denken, daß der Baron nicht wenig betreten war über seinen Irrtum, und das um so mehr, als er sonst der ganz hübschen, aber ein wenig alternden Amalia (so hieß des Bankiers Tochter) sehr stark den Hof gemacht, sie aber dann verlassen. Mit beißendem Spott hatte Amalia über des Barons verfehlte Reise nach Griechenland gesprochen, und eben deshalb der Baron sie vermieden, wie er nur konnte. »Sieht man Sie endlich wieder, lieber Baron!« So begann Amalia, doch Simson ließ sie nicht zu Worte kommen, sondern fragte unaufhörlich nach der Brieftasche. Es fand sich, daß er vor einigen Tagen, was ihm sonst nie geschehen, in den Gängen des Tiergartens eine Brieftasche, worin ein Funfzigtaler-Tresorschein befindlich, verloren, und diese, glaubt er, hätte der Baron gefunden. Der Baron war ganz verwirrt über das Mißverständnis und wünschte sich hundert Meilen fort. Indem er aber sich loszumachen strebte, hing Amalia ohne Umstände ihren Arm in den seinen und meinte, daß man einen werten Freund, den man so lange nicht gesehen, festhalten müsse. – Der Baron fand keine Entschuldigung, er mußte sich bequemen, mit der Familie Tee zu trinken. Amalia hatte sich in den Kopf gesetzt, den Baron aufs neue an sich zu fesseln. Sie forderte ihn auf, so viel von dem Abenteuer, das er in Griechenland zu bestehen gedacht, zu erzählen, als er dürfe, ohne vielleicht tiefe Geheimnisse zu verraten, in die sie nicht eindringen wolle, und da sie alles, was der Baron vorbrachte, himmlisch, göttlich, sublim fand, so ging diesem immer mehr das Herz auf. Er konnt es nicht unterlassen, alles herauszusagen, wie es sich in der Nacht vom vier- zum fünfundzwanzigsten Julius sowie im Fuchsischen Laden begeben. Amalia bezwang sehr geschickt das Lachen, zu dem sich ein paarmal die Mundwinkel verzogen, beschwor den Baron, doch einmal zur Abendzeit sie im neugriechischen Kostüm zu besuchen, da er darin ganz allerliebst aussehen müsse, und schien zuletzt plötzlich in einen halbträumerischen Zustand zu versinken. »Es ist vorüber!« sprach sie dann. Natürlicherweise fragte der Baron, was denn vorüber sei, und nun vertraute Amalia, daß sie soeben von dem Andenken an einen äußerst merkwürdigen Traum ergriffen worden, den sie [vor] einiger Zeit, und zwar, wie es ihr jetzt bestimmt beifalle, in der Nacht vom vier- zum fünfundzwanzigsten Julius geträumet. – Da sie in Friedrich Richters Werken wohlbelesen, so gelang es ihr in dem Augenblick einen Traum zu improvisieren, der phantastisch genug klang und dessen Tendenz in nichts Geringerem bestand, als des Barons Erscheinung in neugriechischer Tracht, wie alle ihre innerste Liebe entzündend, darzustellen. –

Der Baron war hin! – Die Griechin, die Einsiedelei, die blaue Brieftasche vergessen!

Aber nicht anders geht es in der Welt, das, was man eifrig verfolgt, erreicht man am letzten, das, was man nicht zu erreichen strebt, kommt von selbst herbei. Der Zufall ist ein neckischer und neckender Spukgeist!

Genug, der Baron hatte beschlossen, hauptsächlich Amalias halber Berlin vorderhand nicht zu verlassen, und fand es daher nötig, die »Sonne« mit einer bequemern Wohnung zu vertauschen.

Als er nun die Stadt durchwanderte, fiel ihm über der Türe des schönen großen Hauses in der Friedrichssstraße Nr. – ein großer Zettel mit der Inschrift ins Auge: »Hier sind möblierte Zimmer zu vermieten!«

Der Baron stieg ohne weiteres die Treppe herauf. Vergebens sucht er eine Klingelschnur, und mochte er an diese, jene Türe im Vorsaal klopfen, wie er wollte, alles blieb mäuschenstill. Endlich war's ihm, als höre er von innen heraus ein seltsames Plappern und Schwatzen. Er drückte die Türe des Gemachs, aus dem der Ton zu kommen schien, auf und befand sich in einem mit auserlesenem Geschmack und großer Pracht ausstaffierten Zimmer. Vorzüglich merkwürdig schien ihm das große Bett mit reicher seidener Draperie, Blumengewinden und vergoldetem Schnitzwerk, das in der Mitte stand.

»Lagos pipèrin étrive, kakon tys kefalis tu!«*

* Da der Baron nicht Neugriechisch verstand, so wußte er nicht, daß diese Worte heißen: »Der Hahn stieß den Pfeffer zum Verderben seines Haupts.«

So rief es dem Baron mit schnatternder Stimme entgegen, ohne daß er irgend jemanden gewahrte. Er schaute um sich und – o Himmel! – auf einem zierlichen Pfeilertisch lag die verhängnisvolle Brieftasche! Er sprang hinzu, wollte sich des ihm geraubten Kleinods bemächtigen, da schrie es ihm in die Ohren:

»O diavolos jidia den yche, ke tyri epoulie.«*

Entsetzt prallte er zuück! – Aber in dem Augenblick vernahm er leise Seufzer, die offenbar aus dem großen Bette kamen. Sie ist es! – Sie ist es! so dachte er, und das Blut stockte ihm in den Adern vor Wonne und süßer Ahnung. – Er näherte sich bebend, erblickte durch eine Spalte der Gardine eine Spitzenhaube mit bunten Bändern. »Mut – Mut«, flüsterte er sich zu, faßte die Gardine, zog sie zurück. – Da fuhr aus den Kissen mit einem gellenden Schrei in die Höhe – jener wunderliche kleine Alte, dem er mit der Dame begegnet. Er war es, der die weibliche Spitzenhaube auf dem Kopfe trug, und deshalb sah der Kleine so höchst possierlich aus, daß jeder andere, der weniger gespannt auf ein Liebesabenteuer, wie der Baron, in lautes Lachen ausgebrochen wäre.

Der Alte glotzte den Baron an mit seinen großen schwarzen Augen und begann endlich mit leiser wimmernder Stimme: »Sind Sie es, Hochgeborner? – Ach Gott, Sie führen doch nicht etwa Böses im Schilde gegen mich, weil ich Sie neulich ausgelacht auf dem Pariser Platz, als Sie meinen muntren Jungen von Haar-

* Der Teufel hatte keine Ziegen und verkaufte dennoch Käse!«

zopf in Schutz nehmen wollten? Starren Sie mich nicht so entsetzlich an – ich muß mich sonst fürchten.«

Der Baron schien nichts von dem, was der Alte sprach, zu vernehmen, denn ohne den stieren Blick von ihm abzuwenden, murmelte er dumpf vor sich hin: »König von Candia – König von Candia!« – Da lächelte der Alte sehr anmutig, setzte sich auf die Kissen und begann: »Ei, ei, bester Baron Theodor von S., sollten Sie auch von dem seltsamen Wahnsinn befangen sein, mich geringen Mann für den König von Candia zu halten? – Sollten Sie mich denn nicht kennen? – Sollten Sie denn nicht wissen, daß ich niemand anders bin als der Kanzleiassistent Schnüspelpold aus Brandenburg?«

»Schnüspelpold?« wiederholte der Baron. – »Ja, so heiße ich«, fuhr der Kleine fort, »aber Kanzleiassistent in officio schon seit langen Jahren nicht mehr. Die verdammte Sucht zu reisen hat mich um Amt und Brot gebracht. Mein Vater – Gott habe ihn selig, er war ein Knopfmacher in Brandenburg – war auch solch ein Reisenarr und sprach so viel von der Türkei, wo er einmal gewesen, daß ich nicht länger ruhig sitzen konnte. Vielmehr stand ich eines Tages auf, ging über Genthin nach Tangermünde, setzte mich dort in einen Elbkahn und fuhr nach der Ottomanischen Pforte. *Die* wurde aber, als ich ankam, gerade zugeworfen, und da ich mit der rechten Hand hineingreifen wollte in die Türkei, quetschte mir die Pforte zwei Finger weg, wie Sie, Hochgeborner, hier an den wächsernen Fingern sehen können, die mir die abgequetschten ersetzen sollten. Da dieses schnöde Wachs aber immer wegschmolz beim Schreiben –«

»Lassen Sie«, unterbrach der Baron den Alten, »lassen Sie das, und sagen Sie mir lieber alles von der fremden Dame, von dem Himmelsbilde, das ich mit Ihnen erblickte im Fuchsischen Laden.»

Der Baron erzählte nun, wie es gekommen mit dem Fund der Brieftasche, der Reise nach Griechenland, dem Traum in der »Sonne«, und schloß damit, den Alten zu beschwören, seiner Liebe nicht entgegen zu sein, da, seiner seltsamen Ausreden unerachtet, und wenn er auch nichts Höheres vorstellen wolle, als der Kanzleiassistent Schnüspelpold aus Brandenburg, er doch als Vater oder Oheim der holden Griechin über ihr Schicksal gebiete. »Ei«, sprach Schnüspelpold, vor Freude schmunzelnd, »ei, das ist mir ja über alle Maßen lieb, daß Sie vermöge der blauen Brieftasche in Liebe gekommen zu der griechischen Fürstin, deren Vormund ich zu sein die lästige Ehre habe. Das Oberlandesgericht auf Paphos hat mich dazu erkoren, weil sie keinen Menschen finden konnte, der gewisse geheime magische Eigenschaften – nun, nun, Schnüspelpoldchen, schwatze nicht aus der Schule! – still, still, mein Söhnlein! – Ich zweifle gar nicht, Hochgeborner, daß Sie bei meinem Mündel reüssieren werden! – Soviel kann ich ihnen sagen, daß sie einen jungen Prinzen, namens Teodoros Capitanaki sucht, den eigentlichen Finder der blauen Brieftasche, sind Sie denn nun auch derselbe nicht –« – »Was«, unterbrach der Baron den Alten, »was? ich sollte die Brieftasche nicht gefunden haben?« – »Nein«, erwiderte der Alte fest und stark, »Sie haben die Brieftasche nicht gefunden und sind überhaupt von allerlei tollen Einbildungen befangen.« – »Vergebens hängst du dich mir an die Füße, grober, bleischwerer König«, rief der Baron, aber die gellende Stimme schrie:

»Allu ta kas karismata, kai allu genun y kotés.«*

»Still, still, kleiner Schreihals«, sprach der Alte sanft, und der graue Papagei hüpfte auf die oberste Sprosse seines Gestells. Dann wandte der Alte sich zum Baron und sprach ebenso sanft: »Sie heißen Theodor, Hochgeborner, und wer weiß, welche geheime Beziehungen noch stattfinden und Sie zu dem rechten Teodoros Capitanaki machen können. – Eigentlich kommt es nur auf eine Kleinigkeit an, wodurch Sie Herz und Hand meiner fürstlichen Mündel auf der Stelle gewinnen können. Ich weiß, Sie haben hübsche Konnexionen im Departement der auswärtigen Affären. Können Sie es durch diese dahin bringen, daß der Großsultan die griechischen Inseln für einen Freistaat erklärt, so ist Ihr Glück gemacht! – Aber – was erblicke ich –«

Mit diesem Ausruf sank der Alte tief in die Kissen zurück und zog die Bettdecke über den Kopf.

Der Baron folgte dem Blick des Alten und schaute im Spiegel die Gestalt der Griechin, die ihm zuwinkte.

Sie stand in der offenen Türe, die dem Spiegel gegenüber befindlich. Er wollte ihr entgegen, verwickelte sich aber in den Fußteppich und fiel der Länge nach hin. Der Papagei lachte sehr. Als aber nun die Griechin, in das Zimmer hineingeschritten, dicht neben dem Ba-

* Die Henne gackert an einer Stelle und legt an der andern ihr Ei.

ron stand, suchte er, wie ein geschickter Tänzer, seinem Fall den Anschein des Niederstürzens auf die Knie zu geben. »Endlich, o süßer Abgott meiner Seele«, so begann er auf italienisch, doch die Griechin sprach mit leiser Stimme: »Still, wecke den Alten nicht, indem du mir wiederholst, was ich längst weiß – stehe auf!« – Sie reichte ihm die Lilienhand, er erhob sich ganz Wonne und Entzücken und nahm Platz an ihrer Seite auf dem üppigen Diwan, der in dem Hintergrunde des Zimmers angebracht.

»Ich weiß alles«, wiederholte die Griechin, indem sie ihre Hand in der des Barons ruhen ließ, »mag auch mein Magus behaupten, was er will, du fandest die Brieftasche – du bist aus griechischem fürstlichen Stamm entsprossen, und bist du auch nicht der, dem meine Seele, mein Ich nacheilte, so kannst du doch Herr meines Lebens werden, wenn du willst!«

Der Baron erschöpfte sich in Beteurungen. Die Griechin, sinnend den Kopf in die Hand gestützt, schien nicht darauf zu achten, endlich fragte sie dem Baron leise ins Ohr: »Hast du Mut?« Der Baron beteuerte, daß er Mut besitze wie ein Löwe.

»Könntest du wohl«, fuhr die Griechin fort, »dem alten Ungetüm dort im Bette, während er fest schläft, mit diesem Messerchen –«

Der Baron, das bekannte chirurgische Messerchen aus der Brieftasche in der Hand der Griechin gewahrend, schauerte entsetzt zurück –

»– mit diesem Messerchen«, sprach die Griechin weiter, »den Zopf in der Mitte durchschneiden? – doch es ist nicht nötig, der Papagei bewacht ihn, und wir können ruhig sprechen. – Also aus fürstlichem Stamm?« – Der Baron erzählte nun von dem Bilde der Großmutter, seiner Mutter, genug, alles das, was der geneigte Leser aus dem Gespräch des Barons mit seinem Oheim bereits erfahren.

Die schönen Augen der Griechin leuchteten vor Freude, durch ihr ganzes Wesen schien der Feuerstrom neuen Lebens zu glühen, sie war in diesem Augenblick so über die Maßen schön und herrlich, daß der Baron sich in den höchsten Himmel verzückt fühlte. Selbst wußte er nicht, wie es geschah, daß sie plötzlich in seinen Armen lag, daß brünstige Küsse auf seinen Lippen brannten.

»Ja«, sprach die Griechin endlich, »ja, du bist es – du bist es, der erkoren, mein zu sein. Eile mit mir nach dem Vaterlande zurück, nach jener heiligen Stätte, wo schon die entschlossenen Häupter des Volks gewappnet und deiner gewärtig stehen, um das schnöde schändliche Joch abzuschütteln, unter dem wir ein elendes mühseliges Leben hinseufzen. Ich weiß es, dir fehlt nicht mehr Kleid und Rüstung, dir fehlen nicht Waffen. Alles hast du vorbereitet. Du stellst dich an die Spitze, du schlägst, ein tapfrer Heerführer, den Pascha aufs Haupt, du befreiest die Inseln und genießest, mit mir verbunden durch ein heiliges Band, alles Glück, das dir die Liebe und die schöne segensreiche Heimat gewähren kann. – Was hast du auch zu befürchten bei dem kühnen Unternehmen? – Schlägt es fehl, so stirbst du entweder den Heldentod des tapfern Kriegers, oder bekommt dich der Pascha gefangen, so wirst du höchstens gespießt, oder man streut dir Pulver in die Ohren und zündet es an oder wählt eine andere dem wahren Helden anständige Todesart. Mich bringt man, da ich jung bin und schön, in den Harem des Pascha, aus dem mich dann, bist du wirklich doch nicht der junge Fürst Teodoros Capitanaki, sondern, wie mein Magus behauptet, nur der schwarze Hasenfuß aus dem Tiergarten gewesen, mein wahrhaftiger Prinz befreien wird.«

In dem Innern des Barons ging bei diesen Reden der Griechin eine seltsame Veränderung vor. Denn auf glühende Hitze folgte eine Eiskälte, und es wollte den Baron gar eine Fieberangst überwältigen.

Doch nun blitzte es aus den Augen der Griechin, ihr ganzes Antlitz wurde furchtbar ernst, sie erhob sich, stand in voller hoher Majestät vor dem Baron und sprach mit dumpfer feierlicher Stimme: »Wärst du aber weder Teodoros noch der schwarze Hasenfuß? – Wärst du nichts als ein täuschendes Schattenbild? – das Schattenbild jenes unglücklichen Jünglings, dem die böse Enzuse, schmerzhaft berührt von seinem Violinbogen, das Blut aussog?* – Ha! – deine Pulsader muß ich öffnen – dein Blut sehen, dann schwindet jede dämonische Täuschung!«

* Bartholdy erzählt in seiner »Reise nach Griechenland« von einem Jüngling, der zu Athen starb und dessen Tod man folgendem zuschrieb: Eines Abends saß er mit einem Freunde im Freien auf einer Bank und spielte die Geige. Dadurch herbeigelockt, setzt sich eine Larve (Enzuse) neben ihm hin. Er fährt aber fort zu spielen und berührt mit dem Bogen die Larve schmerzhaft, die sich zu rächen beschließt. Von dem Augenblick schwindet sein Körper hin. Er wird zum Schattenbilde, bis er stirbt.

Damit schwingt die Griechin das blanke blitzende Messerchen hoch empor, aber der Baron springt schnell auf, rennt entsetzt nach der Türe. Der Papagei schreit gellend:

»Alla paschy o gaïdaros ké alla evryskusi.«*

Schnüspelpold ist mit einem gewagten Satz aus dem Bette heraus, ruft: »Halt – halt, Hochgeborner – die Fürstin ist Ihre Braut – Ihre Braut!« – Doch pfeilschnell ist der Baron die Treppe hinab, hinaus aus dem Hause – fort – fort – –

– Amalia Simson wollte herausgebracht haben, daß der angebliche Kanzleiassistent Schnüspelpold niemand anders gewesen als ein gelehrter Jude aus Smyrna, der nach Berlin gekommen, um sich von dem Geheimerat Diez über eine zweifelhafte Stelle im Koran belehren zu lassen, den er unglücklicherweise nicht mehr am Leben gefunden. Die griechische Fürstin machte Amalia Simson zu der Tochter des Juden, die über den Verlust ihres Geliebten wahnsinnig geworden.

Alles verhält sich wohl aber ganz anders. Der geneigte Leser möge nur an das Blättlein denken und an so manchen andern vorgekommenen Umstand, um sich zu überzeugen, daß das Rätsel keineswegs gelöset.

Merkwürdig genug ist es, daß der Baron Theodor von S. nun wirklich nach Griechenland gereiset sein soll. Kommt er bald zurück, so wird man Näheres erfahren von Schnüspelpold und der Griechin, die Schreiber dieses aller Mühe unerachtet in Berlin nicht

* Der Esel findet was anders, als wornach er trachtet!

hat auffinden können. – Weiß derselbe künftig mehr von dem Baron und seinen geheimnisvollen Verhältnissen, so wird er nicht unterlassen, im folgenden Jahre dem geneigten Leser auf dem einmal eingeschlagenen Wege davon getreuen Bericht zu erstatten.

Die Geheimnisse

Fortsetzung des Fragments aus dem Leben
eines Phantasten: »Die Irrungen«

Merkwürdige Korrespondenz des Autors mit verschiedenen Personen

(als Einleitung)

Mein Herr! Unerachtet gewisse Schriftsteller und sogenannte Dichter wegen ihres nicht leicht zu unterdrückenden Hanges zur groben Lüge und anderer der gesundesten Vernunft schädlicher Phantasterei nicht in dem besten Rufe stehen, so habe ich doch Sie, der Sie ein öffentliches Amt bekleiden, mithin wirklich etwas sind, ausnahmsweise für einen wackern gutmütigen Mann gehalten. Kaum in Berlin angekommen, mußte ich mich aber leider vom Gegenteil überzeugen. Womit habe ich alter schlichter, einfacher Mann, ich ruhmvoll entlassener Kanzleiassistent, ich Mann von feinem Verstande, humanen Sitten, großer Wissenschaft, ich Ausbund von gutem Herzen und schöner Denkungsart, womit, sage ich, habe ich es um Sie verdient, daß Sie mich dem verehrungswürdigen Publikum in Berlin zur Schau stellen und in dem Taschenkalender von diesem Jahr nicht allein alles erzählen, was sich mit dem Herrn Baron Theodor von S., meiner fürstlichen Pflegebefohlnen und mir begeben, sondern mich noch dazu (ich habe alles erfahren) abkonterfeien lassen nach dem natürlichen Leben und in Kupfer stechen, wie ich lustwandle mit meinem Herzenskinde über den Pariser Platz durch die Linden und wie ich dann im Bette liege in zierlichen Nachtkleidern und mich erschrecke über des Herrn Barons unvermuteten Besuch. Ist Ihnen vielleicht mein elektrophorischer Haarzopf, worin zugleich mein Reisebesteck befindlich, in die Quere gekommen? Hat Ihnen mein Blumenstrauß mißfallen? Haben Sie etwas dagegen, daß das Pupillen-Kollegium auf Zypern mich zum Vormunde der – Ja! nun denken Sie, ich werde den Namen der Schönsten geradezu hinschreiben, damit Sie ihn auch ausschreien können in Taschenbüchern und Journalen. Das lasse ich aber bleiben, sondern frage bloß im allgemeinen, ob Sie vielleicht mit der Verfügung jenes zyprischen Kollegiums unzufrieden sind? Sein Sie überzeugt, mein Herr, daß bei Ihrem unnützen Treiben in Schriftstellerei und Musik weder der Präsident noch irgendein Rat des hiesigen oder irgendeines andern Pupillen-Kollegii Ihnen das Vertrauen geschenkt und Sie zum Vormunde eines zum Entzücken schönen, geistreichen Frauenzimmers bestellt haben würde, wie es jenes ehrwürdige Kollegium getan hat. Und überhaupt, wollen Sie auch hier in der Stadt was vorstellen, und mögen Sie auch manches ganz artig zu verfügen verstehen, vermöge Ihres Amts, so haben Sie sich doch darum, was in Zypern verfügt worden, ebensowenig zu bekümmern als um meine wächserne Finger und um meine Spitzenhaube, die Sie wahrscheinlich auf Herrn Wolfs Kupfertafel betrachten mit neidischen Blicken. Danken Sie Gott, mein Herr! daß Sie nicht, so wie ich, eintreten wollten in die Ottomanische Pforte, gerade als sie zugeschlagen wurde. Wahrscheinlich hätten Sie, vermöge des gewöhnlichen Schriftstellervorwitzes, nicht die Finger hineingestreckt, sondern die Nase und müßten jetzt, statt daß Sie andern honetten Leuten wächserne Nasen zu drehen unternehmen, selbst eine dergleichen tragen. Daß Sie einer zierlichen Morgenkleidung von weißem, mit Rosaschleifen besetzten Musselin und einer Spitzenhaube einen Warschauer Schlafrock und ein rotes Käppchen vorziehen, ist Sache des Geschmacks, und will ich nicht mit Ihnen darüber rechten. – Und wissen Sie wohl, mein Herr! daß mir Ihre leichtsinnige Ausplauderei im Taschenkalender, gleich nachdem in den Intelligenzblättern unter den angekommenen Fremden mein Name gestanden hatte, die allergrößten Unannehmlichkeiten zuzog? Die Polizei hielt mich, mußte mich nach Ihrem Gewäsche, oder vielmehr, da Sie die Geheimnisse meines Herzenskindes austrompetet, für denjenigen Frevler halten, der den melonenleibichten Apollo im Tiergarten und auch wohl andere Statuen verunstaltet hat, und es kostete viel Mühe, mich zu rechtfertigen und darzutun, daß ich ein enthusiastischer Kunstfreund sei und nichts weniger als ein verstellter abergläubischer Türke. Sie sind selbst ein Rechtskundiger und haben nicht einmal bedacht, daß mich die verwünschte Apollosnase hätte als Staatsverbrecher nach Spandau bringen oder mir gar eine Tracht der unbilligsten Prügel zuziehen können, wenn nicht, was letzteres betrifft, von der gütigen Natur mein Rükken durch ein geschickt angelegtes Bollwerk auf ewig gegen alle Prügel bewahrt wäre. Lesen Sie im zwanzigsten Titel des Zweiten Teils vom »Allgemeinen Landrecht« die §§ 210, 211 nach und schämen Sie sich, daß ein verabschiedeter Kanzleiassistent aus Brandenburg

Sie daran erinnern muß. Kaum der Untersuchung und Strafe entronnen, wurde ich in meiner Wohnung, die man unglücklicherweise erfahren, auf eine solch entsetzliche Art bestürmt, daß ich wahnsinnig werden, verzweifeln müssen, wäre ich nicht ein fester gesetzter Mann und durch meine vielfachen gefahrvollen Reisen hinlänglich gewöhnt an bedrohliches Ungemach. Da kamen Frauenzimmer und verlangten, gewohnt, alles prompt und wohlfeil zu haben, eben daher aber eifrige und stetige Käuferinnen der prächtigen Modewaren in Auktionen ihre Laden räumender Kaufleute, ich solle ihnen auf der Stelle türkische Shawls drucken. Am ärgsten unter ihnen trieb es Mademoiselle Amalie Simson, welche nicht nachließ mit Bitten und Flehen, ich möge ihr doch auf den Brustteil eines Spenzers von rotem Kasimir ein hebräisches Sonett, das sie selbst gedichtet, hinsetzen mit Goldtinktur. Andere Leute aus den verschiedensten Ständen wollten bald meine Wachsfinger anschauen, bald mit meinem Haarzopf spielen, bald meinen Papagei Griechisch sprechen hören.

Junge Herren mit Wespentaillen, turmhohen Hüten, Kosakenhosen und goldnen Sporen lorgnettierten umher, kuckten durch Ferngläser, als wollten sie die Wände durchschauen. Ich weiß, wen sie suchten, und manche hatten auch dessen gar kein Hehl, sondern fragten kecker unverschämterweise geradezu nach der schönen Griechin, als sei mein himmlisches Fürstenkind ein wunderbares Naturspiel, das ich der gaffenden Menge ausstelle. Widerlich, gar widerlich erschienen mir diese jungen Leute, aber noch viel abscheulicher war es mir, wenn manche sich mir geheimnisvoll nahten und mystische Worte sprachen von Magnetismus, Siderismus, magischen Verknüpfungen durch Sympathie und Antipathie und so weiter, und dabei wunderliche Gebärden und Zeichen machten, um sich mir als Eingeweihte zu zeigen, ob ich gleich gar nicht verstand, was sie wollten. Lieber waren mir die, welche ganz treuherzig verlangten, ich solle ihnen ein bißchen wahrsagen aus der Hand oder aus dem Kaffeegrunde. – Es war ein heilloses Treiben, ein wahrer Teufelssabbat in dem Hause. – Endlich gelang es mir, bei Nacht und Nebel mich davonzumachen und eine Wohnung zu beziehen, die bequemer, besser eingerichtet ist und auch den Wünschen meiner Fürstin mehr entspricht – entsprechen würde, wollt ich sagen, denn ich befinde mich jetzt allein. – Mein jetziges Logis erfährt niemand und am allerwenigsten *Sie*, da ich Ihnen durchaus nichts Gutes zutraue.

Und wer ist einzig und allein an dem ganzen Spektakel schuld als Sie? Wie kommen Sie dazu, mich dem Publikum so zweideutig darzustellen, daß ich für einen unheimlichen Kabbalisten gelten muß, der mit irgendeinem geheimnisvollen Wesen in seltsamer Verbindung lebt.

Ein ehrlicher verabschiedeter Kanzleiassistent soll ein Hexenmeister sein, welch ein Unsinn! – Was geht Ihnen, mein Herr! überhaupt das magische Verhältnis an, in dem ich mit meinem Herzenskinde stehe, mag es nun wirklich stattfinden oder nicht? – Mögen Sie auch Talent genug besitzen, zur Not eine Erzählung oder einen Roman mit angestrengter Mühe zusammenzudrechseln, so fehlt es Ihnen doch so gänzlich an gehörigem tiefem Verstande und sublimer Wissenschaft, um auch nur eine Silbe zu verstehen, wenn ich mich herablassen sollte, Sie über die Geheimnisse eines Bundes zu belehren, der dem Ersten aller Magier, dem weisen Zoroaster selbst, nicht unwürdig erscheinen möchte. Es ist nichts Leichtes, mein Herr! so wie ich einzudringen in die tiefsten Tiefen der göttlichen Kabbala, aus denen sich schon hienieden ein höheres Sein emporschwingt, so wie aus der Puppe sich der schöne Schmetterling entwickelt und mutig flatternd emporsteigt. Es ist aber meine erste Pflicht, niemanden meine kabbalistischen Kenntnisse und Verbindungen zu verraten, und daher schweige ich auch gegen Sie davon, so daß Sie mich von nun an lediglich für einen schlichten verabschiedeten Kanzleiassistenten und wackern Vormund eines liebenswürdigen vornehmen Frauenzimmers halten müssen. Sehr unlieb und schmerzhaft wird es mir auch sein, wenn Sie oder jemand anders erfahren sollte, daß ich jetzt in der Friedrichsstraße unweit der Weidendammer Brücke Nr. 9 – wohne. Habe ich Ihnen, mein Herr! gebührend vorgehalten, wie Sie sich, wenn auch gerade [nicht] boshafter –, so doch leichtsinnigerweise vergangen, so füge ich nur noch die Versicherung hinzu, daß ich das Gegenteil von Ihnen bin, nämlich ein besonnener, gutmütiger, alles, was zu unternehmen, vorher wohl überlegender Mann. Sie sind daher für jetzt vor meiner Rache völlig sicher, und das um so mehr, weil mir eben keine Mittel zu Gebote stehen. Wäre ich ein Rezensent, so würde ich Ihre Schriften weidlich herunterhunzen und dem Publikum so klar dartun, wie es Ihnen an allen Eigenschaften eines guten Schriftstellers mangle, daß kein Leser etwas von Ihnen mehr lesen, kein Verleger es mehr verlegen sollte. Aber da wär's denn doch nötig, erst Ihre Schriften zu lesen, und dafür soll mich der Himmel behüten, da nichts als bare Ungereimtheiten, die gröbsten Lügen darin enthalten sein sollen. Überdem wüßte ich auch nicht, wie ich, die ehrlichste Taubenseele von der Welt, zu der gehörigen Masse von Galle kommen sollte, die jeder tüchtige Rezensent zum Verbrauch stets vorrätig haben muß. – Wäre ich, wie Sie es haben dem Publikum andeuten wollen, wirklich eine Art von Magus, so sollt es freilich anders stehen mit meiner Rache. Darum für jetzt Verzeihung, Vergessen des zutage geförderten Unsinns über mich und meine Pflegebefohlne. Sollten Sie sich aber unterfangen, etwa in dem künftigen Taschenkalender auch nur ein Wörtchen von dem zu erwähnen, was sich weiter mit dem Baron Theodor von S. und uns begeben, so bin ich fest entschlossen, mich, mag ich nun sein, wo ich will, augenblicklich umzusetzen in das kleine spanisch kostümierte Teufelspüppchen, das auf Ihrem Schreibtische steht, und Ihnen, kommt Ihnen der Gedanke zu schreiben, nicht einen Augenblick Ruhe zu lassen. Bald springe ich Ihnen auf die Schulter und sause und zische Ihnen in die Ohren, daß Sie keines Gedankens mächtig bleiben, sei er auch noch so einfältig. Bald springe ich ins Tintenfaß und bespritze das fertige Manuskript, so daß der geschickteste Setzer nicht den gesprenkelten Marmor zu entziffern vermag. Dann spalte ich die appetitlich gespitzten Federposen, werfe das Federmesser in dem Augenblick, als Sie darnach greifen, vom Tische herab, so daß die Klinge abspringt, dann verstöre ich die Papiere durcheinander, bringe die mit allerlei Notizen beschriebenen kleinen Blättchen in gehörigen Luftzug, daß sie, wird nur die Türe geöffnet, lustig emporwirbeln, dann klappe ich die aufgeschlagenen Bücher zu und reiße aus andern die hineingelegten Zeichen heraus, dann ziehe ich Ihnen das Papier, während Sie schreiben, unter dem Arme weg, so daß ein schnöder Zirkumflex die Handschrift verdirbt, dann stülpe ich schnell das Glas Wasser um, als Sie eben trinken wollen, so daß alles unterzugehen droht in der Wasserflut und alle Ihre wässerichten Gedanken zurückkehren in das Element, dem sie angehören. – Genug, ich will all meine Weisheit aufbieten, Sie als Teufelspüppchen recht sinnreich zu quälen, und dann wollen wir sehen, ob es Ihnen möglich sein wird, noch mehr aberwitziges Zeug zu schreiben, als bereits geschehen. – Wie gesagt, ich bin ein stiller, gutmütiger friedliebender Kanzleiassistent, dem schnöde Teufelskünste fremd sind, aber Sie wissen, mein Herr! wenn kleine, nach hinten zu über die Regel heraus geformte Leute mit langen Zöpfen in Zorn geraten, so ist von Schonung nicht weiter die Rede. Nehmen Sie meine wohlgemeinte Warnung wohl zu Herzen und unterlassen Sie jeden ferneren Bericht in Taschenbüchern, sonst bleibt es beim Teufel und seinen Streichen.

Aus allem, mein Herr! werden Sie übrigens hinlänglich ersehen haben, wie gut, so wie viel besser ich Sie kenne als Sie mich. Angenehm kann jetzt unsere nähere Bekanntschaft nicht sein, darum wollen wir uns sorgfältig vermeiden, und eben deshalb habe ich auch alle Anstalten getroffen, daß Sie meine Wohnung niemals erfahren werden. – Adieu pour jamais!

Noch eins! – Nicht wahr, die Neugierde quält Sie zu wissen, ob mein Herzenskind bei mir ist oder nicht? – Ha! ha! ha! das glaub ich! Aber kein Jota erfahren Sie davon, und diese kleine Kränkung sei die einzige Strafe für das, was Sie an mir begangen.

Mit aller Achtung, die Ihnen, mein Herr! sonst gebührt, zeichne ich mich als

Ihren ganz ergebensten
Irenäus Schnüspelpold
vormals Kanzleiassistent
zu Brandenburg.

Berlin, den 25. Mai 1821.

N. S. Apropos – Sie wissen vermutlich oder können es leicht erfahren, wo man jetzt hier den reichsten und geschmackvollsten Damenputz kauft. Wollen Sie mir das noch heute gefälligst sagen lassen, so bin ich zwischen neun und zehn Uhr abends in meiner Wohnung anzutreffen.

Adresse
Sr. Wohlgeb. Herrn etc. *E. T. A. Hoffmannn,*
dermalen im Tiergarten bei Kempfer

Wirklich erhielt der, an den dieses Schreiben gerichtet und den wir der Kürze halber mit Hff. bezeichnen wollen, dasselbe gerade zur Zeit, als er in der sogenannten Spanischen Gesellschaft, die sich bekanntlich alle vierzehn Tage bei Kempfer im Tiergarten versammelt und keine andere Tendenz hat, als auf gute deutsche Art Mittag zu essen, zu Tische saß.

Man kann denken, wie sehr Hff. überrascht wurde,

als er, seiner Gewohnheit nach zuerst die Unterschrift lesend, den Namen Schnüspelpold fand. Er verschlang die ersten Zeilen, als er aber die unbillige Länge des noch dazu mit seltsam verschnörkelten Buchstaben geschriebenen Briefes gewahrte und zugleich sich überzeugte, daß sein Interesse immer mehr und mehr und zuletzt vielleicht auf unangenehme Weise erregt werden dürfte, hielt er es für geratener, den Brief zur Zeit ungelesen in die Tasche zu stecken. War es nun böses Gewissen oder gespannte Neugierde, genug, alle Freunde bemerkten an Hff. Unruhe und Zerstreuung, kein Gespräch hielt er fest, er lächelte gedankenlos, wenn der Professor B. die leuchtendsten Witzworte hinausschleuderte, er gab verkehrte Antworten, kurz, er war ein miserabler Kumpan. Gleich nachdem die Tafel aufgehoben, stürzte sich Hff. in die Einsamkeit einer entfernten Laube und zog den Brief hervor, der ihm in der Tasche brannte. Zwar wollte es ihn was weniges verschnupfen, sich von dem wunderlichen Kanzleiassistenten Irenäus Schnüspelpold so schnöde und gröblich behandelt, ja rücksichts seiner Autorschaft so schnonungslos abgefertigt zu sehen, indessen vergaß er das im Augenblick und hätte vor Freuden in die Lüfte springen mögen, und das aus zweierlei Ursachen.

Fürs erste wollte es ihm bedünken, als wenn Schnüspelpold, alles Schimpfens und Schmälens unerachtet, den Trieb nicht unterdrücken könne, den fragmentarischen Biographen näher kennenzulernen, ihn vielleicht gar einzuweihen in die mystische Romantik seiner Pflegebefohlnen. – Ja gewiß! – sonst hätte Schnüspelpold nicht in der Verwirrung Straße und Nummer seiner Wohnung genannt bei den feierlichsten Protestationen, daß den Ort, wo er hingeflüchtet, niemand, am wenigsten aber Hff. erfahren solle. Sonst hätte die Nachfrage nach dem Damenputz nicht verraten, daß sie selbst da, das allerliebste herrliche Geheimnis. Hff. durfte ja nur hingehen zwischen neun und zehn Uhr, und im regen Leben konnte sich das gestalten, was ihm nur zugekommen wie durch träumerische Tradition. – Was für eine himmlische Aussicht für einen schreiblustigen Autor!

Dann mochte aber auch zweitens Hff. deshalb in die Lüfte springen, weil eine besondere Gunst des Schicksals ihn aus einer gräßlichen Verlegenheit reißen zu wollen schien. Versprechen macht Schulden, das ist ein altes bewährtes Sprichwort. Nun hatte aber Hff. in dem Taschenkalender von 1821 versprochen, ferneren Bericht abzustatten über den Baron Theodor von S. und über seine geheimnisvollen Verhältnisse, wenn er mehreres davon wisse. Die Zeit kommt heran, der Drucker rührt die Presse, der Zeichner spitzt den Crayon, der Kupferstecher bereitet die Kupferplatte. Hochlöbliche Kalender-Deputation fragt: »Wie steht es, mein Bester, mit Ihrem versprochenen Bericht für unsern Eintausendachthundertundzweiundzwanziger?« Und Hff. – weiß nichts, weiß gar nichts, da die Quelle versiegt, aus der ihm die »Irrungen« zuströmten. – Die letzten Tage des Mais kommen heran, Hochlöbliche Kalender-Deputation erklärt: »Bis Mitte Junius ist es noch Zeit, sonst erscheinen Sie als einer, der in den Wind hinein etwas verspricht und es dann nicht zu halten vermag.« Und Hff. weiß immer noch nichts, weiß am 25. Mai mittags um drei Uhr nichts! – Da erhält er Schnüspelpolds verhängnisvollen Brief, den Schlüssel zu der fest verschlossenen Pforte, vor der er stand, ganz hoffnungslos und höchst ärgerlich dazu. – Welcher Autor wird nicht gern einige Schmähungen erdulden, wenn ihm auf diese Weise aus der Not geholfen wird!

Ein Unglück kommt selten allein, aber auch mit dem Glück ist es so! Die Konstellation der Briefe schien eingetreten zu sein, denn als Hff. aus dem Tiergarten nach Hause kam, fand er deren zwei auf seinem Schreibtische, die beide aus dem Mecklenburgischen kamen. Der erste, den Hff. öffnete, lautete in folgender Art:

»Ew. Wohlgeboren haben mir eine wahrhafte Freude dadurch gemacht, daß Sie die Torheiten meines Neffen in dem diesjährigen Berlinischen Taschenkalender an das Tageslicht förderten. Erst vor einigen Tagen ist mir Ihre Erzählung zu Gesicht gekommen. Mein Neffe hatte den Taschenkalender auch gelesen und lamentierte und tobte entsetzlich. Kehren Sie sich aber ebensowenig daran als an etwanige Drohungen, die er wider Sie ausstoßen sollte, sondern erstatten Sie getrost den versprochnen Bericht, insofern es Ihnen gelingt, mehr von dem ferneren Treiben meines Neffen und der wahnsinnigen Prinzessin nebst ihrem geckenhaften Vormunde zu erfahren. Ich für mein Teil möchte Ihnen dazu alles mögliche suppeditieren, der Junge (mein Neffe nämlich) will indessen durchaus nicht recht mit der Sprache heraus, und beifolgende Briefe meines Neffen und des Herrn von T., der ihn beobachtet und mir darüber ge-

schrieben hat, sind alles, was ich zu Ihrem Bericht beitragen kann. Noch einmal! – kehren Sie sich an nichts, sondern schreiben Sie – schreiben Sie! – Vielleicht sind Sie es, der meinen albernen Neffen noch zur Vernunft bringt. Mit vorzüglicher Hochachtung etc. etc.
Strelitz, den 22. Mai 1821. Achatius v. G.«

Der zweite Brief hatte folgenden Inhalt:

»Mein Herr! Ein verräterischer Freund, der gar zu gern mein Mentor sein möchte, hat Ihnen die Abenteuer mitgeteilt, die ich vor einigen Jahren in B. erlebte, und Sie haben sich unterfangen, mich zum Helden einer ungereimten Erzählung zu machen, die Sie ein ›Fragment aus dem Leben eines Phantasten‹ genannt. – Wären Sie mehr als ein ordinärer Schriftsteller, der jeden Brocken, der ihm zugeworfen wird, begierig erhascht, hätten Sie nur einigen Sinn für die tiefe Romantik des Lebens, so würden Sie Männer, deren ganzes Sein nichts ist als hohe Poesie, von Phantasten zu unterscheiden wissen. Unbegreiflich ist es mir, wie Ihnen der Inhalt des Blattes, das ich in der verhängnisvollen Brieftasche fand, so genau bekannt geworden ist. Ich würde Sie darüber, so wie über manches andere, das Sie dem Publikum aufzutischen für gut fanden, sehr ernst befragen, wenn gewisse geheimnisvolle Beziehungen, gewisse innere Anklänge mir nicht untersagten, es mit einem schreibseligem Autor aufzunehmen. Vergessen sei daher, was Sie getan; sollten Sie aber keck genug sein, etwa von meinem gestrengen Herrn Mentor unterrichtet, ferner Berichte über mein Leben zu erstatten, so würde ich genötigt sein, eine Genugtuung von Ihnen zu fordern, wie sie Männern von Ehre ziemt, insofern mich nämlich nicht die weite Reise, die ich morgen anzutreten gedenke, daran hindert. – Übrigens zeichne ich mich mit vieler Achtung etc. etc.

Strelitz, den 22. Mai 1821. Theodor Baron von S.«

Hff. hatte herzliche Freude über den Brief des Onkels und lachte sehr über den des Neffen. Beide beschloß er zu beantworten, sobald er Schnüspelpolds und seiner schönen Pflegebefohlnen Bekanntschaft gemacht haben würde.

Sowie es nur neun Uhr geschlagen, machte sich Hff. auf den Weg nach der Friedrichsstraße. Das Herz klopfte ihm vor Erwartung des Außerordentlichen, was sich nun begeben werde, als er die Klingel des Hauses anzog, dessen Nummer eben die von Schnüspelpold bezeichnete war.

Auf die Frage, ob hier der Kanzleiassistent Schnüspelpold wohne, erwiderte das Hausmädchen, das die Türe geöffnet: »Allerdings!« und leuchtete ihm freundlich die Treppe herauf.

»Herein!« rief eine bekannte Stimme, als Hff. leise anklopfte. Doch sowie er eintrat in das Zimmer, stockten alle seine Pulse, gerann ihm zu Eis alles Blut in den Adern, hielt er kaum sich aufrecht! – Nicht jener, ihm wohl von Ansehen bekannte Schnüspelpold, sondern ein Mann im weiten Warschauer Schlafrock, ein rotes Käppchen auf dem Haupt, aus einer langen türkischen Pfeife Rauchwolken vor sich herblasend, von Gesicht, Stellung – nun! – sein eigenes Ebenbild trat ihm ent-

gegen und fragte höflich, wen er noch so spät zu sprechen die Ehre! – Hff. faßte sich mit aller Gewalt des Geistes zusammen und stammelte mühsam, ob er das Vergnügen habe, den Herrn Kanzleiassistenten Schnüspelpold vor sich zu sehen?

»Allerdings«, erwiderte der Doppeltgänger lächelnd, indem er die Pfeife ausklopfte und in den Winkel stellte, »allerdings, der bin ich, und sehr müßte ich irren, wenn Sie nicht derjenige wären, dessen Besuch ich heute gewärtigte. – Nicht wahr, mein Herr! Sie sind –« Er nannte Hff-s Namen und Charakter ausführlich. – »Gott«, sprach Hff., von Fieberfrost durchschüttelt, »Gott im Himmel, bis zu diesem Augenblick habe ich mich stets für den gehalten, den Sie soeben zu nennen beliebten, und ich vermute auch noch jetzt, daß ich es wirklich bin! – Aber, mein verehrtester Herr Schnüspelpold, es ist ein gar wankelmütiges Ding mit dem Bewußtsein der Existenz hienieden! – Sind Sie, mein Herr Schnüspelpold, denn von Grund Ihrer Seele aus überzeugt, daß Sie wirklich der Herr Schnüspelpold sind und kein anderer? Nicht etwa –« »Ha«, rief der Doppeltgänger, »ich verstehe, Sie waren auf eine andere Erscheinung gefaßt. Doch erregen ihre Bedenken auch die meinigen insofern, als ich bloße Vermutungen nicht für Gewißheit und Sie so lange nicht für denjenigen halten kann, der hier erwartet wurde, bis Sie sich durch die richtige Beantwortung einer einfachen Frage legitimiert haben. Glauben Sie, mein wertester Herr – wirklich an den von der animalischen Gestaltung in der Körperwelt unabhängigen Konsensus der psychischen Kräfte in dem Bedingnis der erhöhten Tätigkeit des Zerebralsystems?«

Hff. stutzte sehr bei dieser Frage, deren Sinn er nicht zu fassen imstande, und erwiderte sie dann, von purer innerer Angst getrieben, mit einem herzhaften: »Ja!«

»Oh«, rief der Doppeltgänger voller Freude, »o mein Herr – so sind Sie denn hinlänglich legitimiert zum Empfange des Vermächtnisses einer sehr teuern Person, das ich Ihnen nun sogleich aushändigen werde.« – Damit zog der Doppeltgänger eine kleine himmelblaue Brieftasche mit goldnem Schloß, in dem jedoch das Schlüsselchen befindlich, hervor.

Hff. fühlte sein Herz erbeben, als er jene verhängnisvolle kleine himmelblaue Brieftasche erkannte, die der Baron Theodor von S. fand und wieder verlor. Mit aller Artigkeit nahm er das Kleinod dem Doppeltgänger aus der Hand und wollte sich höflichst bedanken, doch das Unheimliche des ganzen Auftritts, der scharfe leuchtende Blick seines Doppeltgängers brachte ihn plötzlich dermaßen aus aller Fassung, daß er gar nicht mehr wußte, was er tat.

Ein starkes Klingeln weckte ihn aus der Betäubung. Er war es selbst, der die Glocke gezogen an der Türe des Hauses Nr. 97. Da besann er sich erst ganz und sprach begeistert: »O welch ein herrlicher, ins Innere gepflanzter Trieb der Natur! Er führt mich in dem Augenblick, als ich mich physisch und psychisch etwas wackelicht fühle, zu meinem herzgeliebtem Freunde, dem Doktor H. M., der mir, wie er schon so oft getan, augenblicklich wieder auf die Beine helfen wird.« Hff. erzählte dem Doktor M. ausführlich, was sich soeben ein paar Häuser vorwärts oder rückwärts Schauerliches und Schreckhaftes mit ihm zugetragen, und bat wehmütig, ihm doch nur gleich ein Mittel aufzuschreiben, das den Schreck nebst allen bösen Folgen töte. Der Doktor M., sonst doch gegen Patienten ein ernster Mann, lachte aber dem bestürzten Hff. geradezu ins Gesicht und meinte, bei einem solchen Krankheitsanfall, wie ihn Hff. erlitten oder vielleicht noch erleide, sei keine andere Arzenei dienlich, als ein gewisser brausender, schäumender, in Flaschen hermetisch verschlossener Trank, aus dem sich ganz andere schmucke Geister entwickelten als Doppeltgänger, Schnüspelpolds und anderes wirres Zeug. Vorher müsse aber der Patient erklecklich essen. Damit nahm der Doktor seinen Freund Hff. beim Arm und führte ihn in ein Zimmer, wo mehrere joviale Leute, die soeben von der Whistpartie aufgestanden, versammelt waren und sich alsbald mit dem Doktor und seinem Freunde an den wohlservierten Tisch setzten. Nicht lange dauerte es auch, als der offizielle Trank, der dem Krankheitszustande Hff-s abhelfen sollte, herbeikam. Alle erklärten, daß sie auch davon genießen wollten, um dem armen Hff. Mut zu machen. *Der* schlürfte aber so, ohne den mindesten Ekel und Abscheu, mit solcher Leichtigkeit und Lebendigkeit, mit solchem Stoizismus, ja mit solcher heroischer Versicherung, der Trank schmecke leidlich, die Arzenei hinunter, daß alle übrigen sich höchlich darüber verwunderten und einstimmig dem Hff., der sichtlich muntrer wurde, ein langes Leben prophezeiten.

Merkwürdig genug war es, daß Hff. sehr ruhig schlief und nichts von allem dem träumte, was ihm am Abende Seltsames begegnet. Er mußte das der heilbringenden Wirkung zuschreiben, die des Doktors wohlschmeckende Medizin hervorgebracht. Erst im Augenblick des Erwachens durchfuhr ihn wie ein Blitz der Gedanke an die geheimnisvolle Brieftasche. Schnell sprang er auf, faßte in die Busentasche des Fracks, den er gestern getragen, und – fand wirklich das wunderbare himmelblaue Kleinod. Man kann denken, mit welchem Gefühl Hff. die Brieftasche öffnete. Er gedachte viel geschickter zu verfahren als der Baron Theodor von S. und wohl hinter die Geheimnisse des Inhalts zu kommen. Doch war eben dieser Inhalt ein ganz anderer als damals, da der Baron Theodor von S. die Brieftasche auf einer Bank im Tiergarten unfern der Statue Apollos fand. Kein chirurgisches Messerchen, kein strohgelbes Band, keine fremdartige Blume, kein Fläschchen Rosenöl, nein, nur ganz kleine, sehr dünne, mit feiner Schrift beschriebene Blättchen und sonst nichts anders enthielt die Brieftasche, die Hff. mit der höchsten Sorglichkeit durchsuchte.

Auf dem ersten Blättchen standen italienische, von zierlicher weiblicher Hand geschriebene Verse, die im Deutschen ungefähr lauteten wie folgt:

»Magische Bande schlingen sich durchs Leben,
Was lose scheint, verworren, festzuhalten;
Sie zu zerreißen ist des Dämons eitles Streben.
Klar wird der höhren Mächte dunkles Walten,
Entstrahlt's der Dichtung hellem Zauberspiegel,
In Farb und Form muß alles sich gestalten.
Nicht scheut der Magus ein hermetisch Siegel,
Der innern Kraft will kühnlich er vertrauen,

Ihm springen auf der Geisterpforte Riegel.
Bist du der Magus, der mich durfte schauen?
Schwang mir dein Geist sich nach durch
Himmelsräume?
Wolltst du in heißer Sehnsucht mich erfassen?
Du bist's! – fest bannten mich dir süße Träume,
Erkannt hast du mein Lieben, du mein Hassen,
Nah war ich dir, auf ging ich deinen Blicken.
Der Bann besteht, du kannst von mir nicht lassen,
Dein ist mein Schmerz, dein eigen mein Entzücken,
Du wirst *dem* Worte leihn, was ich empfunden.
Vermag die Torheit wohl dich zu berücken?
Fühlt sich dein Geist von schwarzer Kunst gebunden?
Hat jemals falsches Spielwerk dich betrogen?
Nein! was der Geist im Innern hat empfangen,
Darf kühn empor aus tiefem Grunde wogen,
Vor eignem Zauber fühlt kein Magus Bangen.
Weit fort von dir in heimatliche Zonen
Reißt mich die Hoffnung, glühendes Verlangen.
Ein hehr Gestirn, glanzvoll beginnt's zu thronen,
Ein teures Pfand (selbst hast du es beschrieben)
Nimm es von mir, den Augenblick zu lohnen,
Als selbst du warst mein Sehnen, warst mein Lieben!
Nur flücht'ger Bilder Zeichnung wirst du finden,
Doch darf die Phantasie nicht Farbe schonen.
Was du erschaut, du magst es keck verkünden!«

Hff. las die Verse einigemal sehr aufmerksam durch, und es wollte ihm bedünken, daß sie von niemanden anders als von Schnüspelpolds pflegebefohlner Griechin verfaßt und an niemanden anders gerichtet sein könnten als an ihn selbst. – Hätte, dachte er, die Gute nur nicht Auf- und Unterschrift vergessen, hätte sie fein in reiner klassischer Prosa gesprochen, statt in mystisch verschlungenen dunklen Versen, so würde alles klar und verständlicher geworden sein, und ich wüßte genau, woran ich wäre, aber nun – So wie es aber geschieht, daß ein gefaßter Gedanke eben in dem Grade immer plausibler wird, als man ihn ausarbeitet, so konnte Hff. auch bald gar nicht mehr begreifen, wie er nur einen einzigen Augenblick daran zweifeln mögen, daß er selbst in den artigen Versen gemeint und das Ganze für nichts anders zu nehmen sei als das poetische Billett, mittelst dessen ihm das himmelblaue Kleinod übersendet worden. Nichts war gewisser, als daß die Unbekannte von dem geistigen Verkehr, in dem Hff. mit ihr stand, als er das Fragment aus dem Leben eines Phantasten aufschrieb, Kunde erhalten, sei es mittelbar oder auf mystische Weise unmittelbar durch eigne Anregung oder vielmehr durch den psychischen Konsensus, von dem der Doppeltgänger gesprochen. Auf welche andere Weise konnten nun die Verse gedeutet werden, als daß die Unbekannte jenen geistigen Verkehr amüsant genug gefunden, daß Hff. furcht- und rücksichtslos ihn wieder anknüpfen und daß ihm dazu als vermittelndes Prinzip die himmelblaue Brieftasche nebst Inhalt dienen solle.

Errötend mußte Hff. sich selbst gestehen, daß er von jeher in jedes weibliche Wesen, mit dem er in solchen geistigen Umgang geraten, verliebter gewesen als recht und billig; ja, daß dieses unbillige Verliebtsein immer höher gestiegen, je länger er das Bild der Schönsten in

Herz und Sinn getragen und je mehr er sich bemüht, dieses Bild mittelst der besten Worte, der elegantesten Konstruktionen, wie sie nur die deutsche Sprache darbietet, in das rege Leben treten zu lassen. Vorzüglich in Träumen fühlt Hff. sich sehr von dieser verliebten Komplexion angegriffen, und die eigentliche Seladonsnatur, die er dann annimmt, entschädigt ihn reichlich für den gänzlichen Mangel an liebeschmachtenden, idyllischen Situationen, den er schon seit geraumer Zeit im wirklichen Leben verspürt hat. Eine Frau mag es aber wohl gleichgültig ansehen, wie ein geistiges weibliches Wesen nach dem andern, in das der schriftstellerische Gemahl verliebt gewesen, geschrieben, gedruckt und dann mit behaglicher Beruhigung gestellt wird in den Bücherschrank.

Hff. las das Gedicht der Unbekannten noch einmal, immer besser gefiel es ihm, und bei den Worten:

»Als selbst du warst mein Sehnen,
warst mein Lieben!«

konnte er sich nicht enthalten, laut auszurufen: »O all ihr hohen Himmel und was noch drüber, hätte ich das nur gewußt, nur geahnt!« – Der Gute bedachte nicht, daß die Griechin nur lediglich die Liebe und Sehnsucht meinen konnte, die der Traum in seinem eignen Innern entzündet und die eben deshalb auch ihre Liebe und Sehnsucht zu nennen. Da aber aus ferneren Entwickelungen der Art der Gedanke des Selbst in zweideutige Konfusion geraten könnte, so ist davon abzubrechen.

Hff. war nun, da ihm das nötige Material in reichlichem Maße von zwei Seiten zugekommen, fest entschlossen, sein Versprechen zu erfüllen, und beantwortete auf der Stelle die drei erhaltenen Briefe. Er schrieb zuvörderst an Schnüspelpold:

»Mein verehrter Herr Kanzleiassistent! Unerachtet Sie, wie es der Inhalt Ihres werten, an mich gerichteten Briefes vom 25. d. M. klar und deutlich dartut, ein kleiner ungeschlachter Grobian zu sein belieben, so will ich Ihnen das doch gern verzeihen, da ein Mann, der solche schnöde Kunst treibt wie Sie, gar nicht zurechnungsfähig ist, niemanden beleidigen kann und eigentlich aus dem Lande gejagt werden sollte. – Was ich über Sie geschrieben, ist wahr, so wie alle Nachrichten über Sie, die ich in der Fortsetzung der Begebenheiten des Barons Theodor von S. dem Publikum noch mitzuteilen im Begriff stehe, wahr sein werden. Denn Ihres lächerlichen Grimms unerachtet folgt diese Fortsetzung, die ich längst versprochen und zu der mir das hohe herrliche Wesen, das sich, wie ich weiß, Ihrer aberwitzigen Vormundschaft entzogen, selbst die Materialien geliefert hat. – Was meinen kleinen Teufel auf dem Schreibtische betrifft, so ist er mir viel zu sehr ergeben und fürchtet auch zu sehr meine Macht über ihn, als daß er Ihnen nicht lieber die Nase abbeißen oder die großen Augen auskratzen, als sich dazu verstehn sollte, Ihnen seine Kleider zu borgen, um mich zu necken. Sollten Sie, mein Herr Kanzleiassistent, doch keck genug sein, sich auf meinem Schreibtisch sehen zu lassen oder gar ins Tintenfaß zu springen, so sein Sie überzeugt, daß Sie so lange nicht wieder herauskommen werden, als noch ein Fünkchen Leben in Ihnen ist. Solche Leute wie Sie, mein Herr Kanzleiassistent, fürchtet man ganz und gar nicht und trügen sie auch noch so lange Haarzöpfe. Mit Achtung etc.«

An den Baron Achatius von F.

»Ew. Hoch- und Wohlgeb. danke ich auf das verbindlichste für die mir gütigst mitgeteilte, Ihren Herrn Neffen, den H. Baron Theodor von S. betreffende Notizen. Ich werde davon den gewünschten Gebrauch machen und will hoffen, daß die von Ew. Hoch- und Wohlgeb. davon erwartete heilbringende Wirkung in der Tat erfolgen möge. Mit der vorzüglichsten Hochachtung«

An den Baron Theodor von S.

»Mein Herr Baron! Ihr Schreiben vom 22. d. M. ist in der Tat so höchst wunderseltsam, daß ich, indem es mir Lächeln abnötigte, es ein paarmal durchlesen mußte, um klar darüber zu werden, was Sie wollen. Was *ich* dagegen will, weiß ich sehr bestimmt, nämlich Ihre ferneren Begebenheiten, insofern sie sich auf das wunderbare Wesen beziehen, mit dem der Ungeschick des Zufalls Sie in Berührung brachte, aufschreiben und einrücken lassen in den Berliner Taschenkalender für das künftige Jahr. Erfahren Sie, daß sie selbst, die Schönste, mich dazu angeregt und selbst die dazu nötigen Nachrichten mitgeteilt hat. Erfahren Sie, daß *ich* mich jetzt im Besitz der himmelblauen Brieftasche und ihrer Geheimnisse befinde! – Wahrscheinlich werden Sie, mein Herr Baron, nichts mehr gegen mein Vorhaben einzuwenden haben. Sollte dies doch der Fall sein, so bin ich entschlossen, auch nicht die mindeste Rücksicht darauf zu nehmen, da mir das Gebot der holden Unbekannten mehr als alles gilt, sowie Ihnen in jeder Art Rede zu stehen. Übrigens zeichne ich mich mit vieler Achtung etc. etc.«

Sprach Hff. in diesem letzten Schreiben von den Geheimnissen der himmelblauen Brieftasche, so meinte er allerdings das Messerchen, das magische Band etc., und es war ihm in dem Augenblick, als habe er sie wirklich gefunden. Lügen wollte er nicht, auch ebensowenig dem Baron Theodor von S. vielleicht einigen Respekt einflößen für den Besitzer magischen Werkzeuges.

Sowie nun die drei Briefe in fröhlichem Mute weggesendet waren nach der Friedrichsstraße und nach der Post, machte sich Hff. über die Blättlein her, die er von verschiedenen, zum Teil ziemlich unleserlichen Händen beschrieben fand. Er ordnete diese Blättlein, verglich sie mit den ihm von dem Baron Achatius von F. mitgeteilten Notizen und brachte beides, Blättlein und Notizen, soviel möglich in Zusammenhang. Folgendes mag als Resultat dieser Bemühungen gelten.

Erstes Blättlein

Auf diesem Blättlein stehen einige italienische Zeilen, die offenbar von derselben Hand geschrieben sind, die die erst erwähnten Verse aufgezeichnet hat, mithin der Besitzerin der Brieftasche angehören. Die Worte scheinen sich auf jenes wunderliche Ereignis in Schnüspelpolds Wohnung zu beziehen, das beim Schlusse des Fragments erzählt wurde, billig geht also dieses Blättlein voran dem Reihen der übrigen.

Die Zeilen lauten wie folgt:

»Hinweg mit allem Vertrauen, mit aller Hoffnung! – O Chariton, meine geliebte Chariton, welch ein schwarzer Abgrund dämonischer Tücke und Arglist stand heute plötzlich offen vor meinen Augen! – Mein Magus, er ist ein Verräter, ein Bösewicht, nicht der, dem die Prophezeiung der guten Mutter galt, nicht der, für den er sich geschickt auszugeben und uns alle zu täuschen wußte. Dank der weisen Alten, die ihn durchschaute, mich warnte, kurz ehe wir Patras verließen, mich selbst den Talisman kennen lehrte, dessen Besitz mir die Gunst höherer Mächte vergönnte und dessen wunderbare Kraft mir unbekannt geblieben. Was wäre aus mir geworden, wenn dieser Talisman mir nicht Gewalt gäbe über den Kleinen und oft zum Schilde diente, an dem alle seine heimtückisch geführten Streiche abprallen! – Ich hatte mit meiner Maria den gewöhnlichen Spaziergang gemacht. Ach! – ich hoffte ihn zu sehen, der meine Brust entzündet in glühender Sehnsucht! – Wie ist er dann verschwunden auf unbegreifliche Weise? Hat er denn mich nicht erkannt? Sprach mein Geist vergebens zu ihm? Hat er nicht die Worte gelesen, die ich mit magischem Messer einschnitt in den geheimnisvollen Baum? – Als ich zurückkehrte in mein Zimmer, vernahm ich ein leises Ächzen hinter den Vorhängen meines Bettes. Ich wußte, was geschehen, und mochte, gutmütig genug, den Kleinen nicht heraustreiben aus dem Bette, weil er morgens über Kolik geklagt. Nicht lange dauerte es, als ich, da ich in ein anderes Zimmer getreten, ein Geräusch und dann ein lautes Gespräch vernahm, in das der Magus mit einem Fremden geraten schien. Dazwischen lärmte und schrie Apokatastos so gewaltig, daß ich wohl ahnen konnte, es müßte Besonderes vorgehen, wiewohl mein Ring ruhig blieb. Ich öffnete die Türe – o Chariton! – Er selbst – Theodor stand mir vor Augen. – Mein Magus hüllte sich ein in die Bettdecke, ich wußte, daß in diesem Augenblick ihm alle Kraft gebrochen. Mir bebte das Herz vor Entzücken! – Seltsam hätte es vorkommen müssen, daß Theodor, im Begriff, mir entgegenzueilen, auf ungeschickte Weise hinstürzte und dann sich gar possierlich gebärdete. Es kamen mir Zweifel, aber indem ich den Jüngling betrachtete, war es mir, als sei er, wenn auch nicht Teodoros Capitanaki selbst, so doch der aus griechischem fürstlichen Stamm Entsprossene, der bestimmt, mich zu befreien und dann Höheres zu beginnen. Die Stunde schien gekommen, ich forderte ihn auf, das Werk zu beginnen, da schien ihn ein Schauer anzuwandeln. Doch erholte er sich und erzählte von seiner Herkunft. O Wonne, o Freude! ich hatte mich nicht getäuscht, ich durfte kein Bedenken tragen, ihn zu fassen in meine Arme, ihm zu sagen, daß es an der Zeit, seine Bestimmung zu erfüllen, daß kein Opfer gescheut werden müsse. Da – o all ihr Heiligen! da wurden des Jünglings Wangen immer blässer und blässer, seine Nase spitzer und spitzer, seine Augen starrer und starrer! – Sein Leib, schon dünn genug, schrumpfte immer mehr zusammen! – Mir war's, als würfe er keinen Schatten mehr! Gräßliches Trugbild! Vernichten wollte ich die dämonische Täuschung, ich zog mein Messer, aber mit Blitzschnelle war der Wechselbalg verschwunden! – Apokatastos schnatterte, pfiff und lachte hämisch, der Magus sprang aus dem Bette, wollte fort durch die Türe, indem er unaufhörlich schrie: ›Braut – Braut!‹ aber ich faßte ihn, schlang das Band um seinen Hals. Er stürzte nieder und bat in den kläglichsten Jammertönen um Schonung. ›Gregoros Seleskeh‹, rief Apokatastos, ›du bist verlesen, du verdienst kein Erbarmen!‹ – ›Ach Gott!‹ schrie der Magus, ›was Seleskeh, ich bin ja nur der Kanzleiassistent Schnüspelpold aus Brandenburg!‹ – Bei diesen furchtbaren Zaubernamen – Kanzleiassistent – Schnüspelpold – Brandenburg – ergriff mich tiefes Entsetzen, ich fühlte, daß ich noch in den Ketten des dämonischen Alten! – Ich wankte fort aus dem Zimmer. – Weine, klage mit mir, o meine geliebte Chariton! – Nur zu klar ist es mir, daß das Trugbild, was der Magus mir unterschieben wollte, sich schon früher als schwarzer Hasenfuß im Tiergarten zeigte, daß *ihm* der Magus die himmelblaue Brieftasche in die Hände spielte, daß – Ihr ewigen Mächte, soll ich Raum geben meinem furchtbaren Argwohn? – bringe ich mir die ganze Gestalt des jungen

Menschen im letzten Augenblick vor Augen – es lag etwas, wie aus Kork Geformtes darin. – Mein Magus ist erfahren in aller kabbalistischer Wissenschaft des Orients, nichts als ein von ihm aus Kork geschnitzter Teraphim ist vielleicht dieser angebliche Teodoros, der nur periodisch zu leben vermag. Daher kam es, daß, als mein Magus mich verlockt hatte hieher, unter dem Versprechen, mich meinem Teodoros in die Arme zu führen, der Zauber deshalb mißlang, weil der Teraphim, den ich zur Nachtzeit höchst erbärmlich auf dem Sofa liegend im Wirtshause fand, gerade aller ihm künstlich hineinoperierten Sinne beraubt war. Mein Talisman wirkte, ich erkannte augenblicklich den schwarzen Hasenfuß und zwang ihn, mir selbst, wie es die Konstellation nun einmal wollte, die himmelblaue Brieftasche in die Hände zurückzugeben. – Bald muß sich alles aufklären.«

Diesen Zeilen ist aus den Notizen des Barons Achatius von F. noch manches hinzuzufügen.

»Wo bleibt«, fragte Frau von G., die elegante Wirtin eines noch eleganteren Tees, »wo bleibt unser lieber Baron? Es ist ein herrlicher Jüngling, voller Verstand, hinreißender Bildung und dabei von einer Phantasie und einem seltnen Geschmack im Anzuge, daß ich ihn schmerzlich vermisse in meinem Zirkel.«

In dem Augenblick trat der Baron Theodor von S., der eben gemeint, hinein in den Saal, und ein leises »Ah!« flüsterte durch die Reihe der Damen.

Man bemerkte indessen bald eine gänzliche Änderung in des Barons ganzem Wesen. Fürs erste fiel allgemein die Nachlässigkeit im Anzuge auf, die beinahe die Grenzen des Anstandes überschritt. Der Baron hatte nämlich den Frack, ein Intervall der Knöpfe überspringend, schief zugeknöpft, die Brustnadel saß um zwei Finger breit zu tief auf dem Jabot, so wie die Lorgnette wenigstens anderthalb Zoll zu hoch hing; was aber durchaus unverzeihlich schien, der Lockenwurf des Haars war durchaus nicht dem ästhetischen Prinzip gemäß, vielmehr nach der Richtung, wie es auf dem Haupte gewachsen, aufgekämmt. Die Damen schauten den Baron ganz verwundert an, die Elegants würdigten ihn aber keines Wortes, keines Blickes. Das erbarmte endlich den Grafen von E. Er führte geschwinde den Baron in ein anderes entlegenes Zimmer, machte ihn auf die groben Verstöße in der Kleidung, die ihn um allen guten Ruf hätten bringen können, aufmerksam und half alles besser ordnen, indem er selbst mittelst eines Taschenkamms sinnreich und geschickt den Dienst des Haarkräuslers versah.

Als der Baron wieder in den Saal trat, lächelten ihn die Damen wohlgefällig an, die Elegants drückten ihm die Hände, die ganze Gesellschaft war erheitert.

Zuerst wußte der Graf von E. gar nicht, was er aus dem Baron machen sollte. So schonend als möglich hatte er ihn die begangenen Verstöße merken lassen, damit ihn Schreck und Verzweiflung nicht zerschmettern solle, aber ganz gleichgültig, stumm und starr war er geblieben. Nun wußte aber bald die ganze Gesellschaft nicht, wie sie mit dem Baron beraten, denn ebenso gleichgültig, stumm und starr setzte er sich hin und gab auf alle Fragen der tee- und wortreichen Wirtin verkehrte lakonische Antworten. Man schüttelte unmutig den Kopf, nur sechs Fräuleins sahen verschämt errötend vor sich nieder, weil jede glaubte, der Baron sei in sie verliebt und deshalb so zerstreut und unordentlich im Anzuge. Hatten selbige Fräuleins wohl den Shakespeare, und zwar: »Wie es euch gefällt«, gelesen? (Dritter Aufzug, Zweite Szene.)

Eben war, nachdem man die Vortrefflichkeiten und Herrlichkeiten eines neuen aberwitzigen Balletts gehörig entwickelt und gerühmt, eine Stille entstanden, als der Baron, wie plötzlich aus einem tiefen Traum erwachend, laut rief: »Pulver – Pulver in die Ohren gestreut und dann angezündet – es ist fürchterlich – schrecklich – barbarisch!«

Man kann denken, wie alle ganz betroffen den Baron anschauten. »O sagen Sie«, sprach die Wirtin, »o sagen Sie, bester Baron! gewiß hat irgend etwas Ihre tiefste Phantasie aufgeregt, Ihre Brust ist zerrissen, Ihr ganzes Innres verstört? – Was ist es, sprechen Sie! Oh, es wird gewiß etwas höchst Interessantes sein?« – Der Baron war hinlänglich wach geworden, um zu fühlen, daß er wirklich selbst in diesem Augenblick höchst interessant sich gebärden könne. Er hob daher die Augen gen Himmel, legte die Hand auf die Brust und sprach mit bewegter Stimme: »O Gnädige! Lassen Sie mich das fürchterliche Geheimnis tief in meiner Brust bewahren, das keine Worte kennet, sondern nur den todbringenden Schmerz!« – Alle mußten erbeben vor diesen sublimen Worten, nur der Professor L. lächelte sarkastisch und – Doch sei es dem Autor erlaubt, bei Gelegenheit des Professors einige Worte einzuschalten über die sinnrei-

che Organisation unserer Tees, wie sie wenigstens in der Regel stattfindet. Der bunte Flor schön geputzter artiger Fräuleins und schwalbgeschweifter schwarzer oder blauer Jünglinge ist gewöhnlich durchschossen mit zwei oder drei Dichtern und Gelehrten, und so mag die physische Mischung des Zirkels verglichen werden mit der physischen Mischung des Tees.

Die Sache kommt so zu stehen:

1. Tee, die hübschen artigen Frauen und Fräuleins als Grundbasis und begeisterndes Aroma des Ganzen.
2. Laues Wasser (es kocht selten recht), die schwalbgeschweiften Jünglinge.
3. Zucker, die Dichter
4. Rum, die Gelehrten

} wie sie nämlich sich gestalten müssen, um für den Tee brauchbar zu erscheinen.

Für Zwieback, Pumpernickelschnitte, kurz, für alles, was nur von wenigen gelegentlich zugebissen wird, können die Leute gelten, die von den letzten Avisen sprechen, von dem Kinde, das nachmittags in der und der Straße zum Fenster hinausgestürzt, von dem letzten Feuer, und wie die Schlauchspritzen gute Dienste getan, die ihre Rede gewöhnlich mit: »Wissen Sie schon?« anfangen und sich bald entfernen, um im sechsten Zimmer heimlich einen Zigarro zu rauchen.

Also der Professor L. lächelte sarkastisch und meinte, daß der Baron heute vorzüglich frisch aussähe trotz des todbringenden Schmerzes im Innern.

Der Baron, ohne auf das zu merken, was der Professor gesprochen, versicherte, daß ihm heute nichts Angenehmeres geschehen könne, als auf einen mit historischer Kenntnis so reich ausgestatteten Mann zu treffen, als der Herr Professor es sei.

Dann fragte er sehr begierig, ob es denn wahr, daß die Türken im Kriege ihre Gefangenen auf die grausamste Weise ums Leben brächten, und ob dies nicht gegen das Völkerrecht merklich anstoße. Der Professor meinte, daß es so gen Asien zu mit dem Völkerrecht immer mißlicher werde und daß es sogar schon in Konstantinopel verstockte Leute gebe, die kein Naturrecht statuieren wollten. Was nun das Umbringen der Gefangenen betreffe, so wäre das, wie der Krieg überhaupt, schwer unter ein Rechtsprinzip zu bringen und dies daher dem alten Hugo Grotius in seinem Taschenbüchelchen: »De jure belli et pacis« betitelt, blutsauer geworden. Man könne daher in dieser Hinsicht nicht sowohl von dem, was recht, als von dem sprechen, was schön und nützlich. Schön sei jenes Abtun der wehrlosen Gefangenen nicht, aber oft nützlich. Selbst von diesem Nutzen hätten aber die Türken in neuester Zeit nicht profitieren wollen, mit verschwenderischer Bonhomie Pardon gegeben und sich großmütig mit Ohrabschneiden begnügt. Fälle gebe es aber allerdings, in denen nicht allein alle Gefangenen gegenseitig umgebracht, sondern auch alle unmenschliche viehische Grausamkeiten ausgeübt werden würden, die jemals die sinnreichste Barbarei erfunden. Zum Beispiel würde dies ganz gewiß, ja ganz vorzüglich stattfinden, wenn es jemals den Griechen einfallen solle, mit Gewalt das Joch abzuschütteln, unter dem sie schmachten. Der Professor begann nun, mit dem Reichtum seiner historischen Kenntnisse im kleinsten Detail prahlend, von den Martern zu sprechen, die im Orient üblich. Er begann mit dem geringen Ohr- und Nasabschneiden, berührte flüchtig das Augenausreißen oder -ausbrennen, ließ sich näher aus über die verschiedenen Arten des Spießens, gedachte rühmlichst des humanen Dschingiskhan, der die Leute zwischen zwei Bretter binden und durchsägen ließ, und wollte eben zum langsamen Braten und In-Öl-Sieden übergehen, als plötzlich zu seiner Verwunderung der Baron Theodor von S. mit zwei Sprüngen hinaus war durch die Türe.

Unter den von dem Baron Achatius von F. übersendeten Papieren befindet sich ein kleiner Zettel, worauf von des Barons Theodor von S. Hand die Worte stehen:

»O himmlisches süßes holdes Wesen! welche Qualen hat der Tod, hat die Hölle, die ich siegender Held nicht um dich ertragen sollte! Nein, du mußt mein werden, und drohte mir auch der martervollste Untergang! – O Natur, süße grausame Natur, warum hast du nicht allein meinen Geist, sondern auch meinen Leib so zart, so empfindlich geschaffen, daß mich jeder Flohstich schmerzt! Warum, ach, warum kann ich, ohne ohnmächtig zu werden, kein Blut sehen, am wenigsten das meinige!«

Zweites Blättlein

Auf diesem stehen aphoristische Bemerkungen über des Barons Theodor von S. Tun und Treiben, die von irgend jemanden, der ihn genau beobachtete, aufgeschrieben und zur Mitteilung an Schnüspelpold bestimmt zu sein scheinen. Die Hand ist fremdartig und oft schwer zu entziffern. In bessern Zusammenhang gebracht, ist folgendes daraus zu berichten. – Jener Abend bei Frau von G. hatte, unerachtet die anfängliche allgemeine Äußerung des Mißfallens unheilbringend geschienen, doch für den Baron die ersprießlichsten Folgen. Ein besonderer Glanz umfloß ihn, und er kam mehr in die Mode als jemals. Er blieb in sich gekehrt, zerstreut, führte verwirrte Reden, seufzte, starrte die Leute gedankenlos an, ja, er wagte sogar einigemal das Halstuch nachlässig zu knüpfen und im flachsfarbnen Oberrock zu erscheinen, den er sich, da ihm Farbe und Form solcher Kleidung am besten zu stehn schienen, ausdrücklich hatte machen lassen, der interessanten Unschicklichkeit halber. Man fand das alles allerliebst zum Entzücken. Jede, jeder haschte nach dem Augenblick, ihn unter vier Augen auszufragen über sein vorgebliches Geheimnis, und es war etwas mehr dahinter als bloße Neugierde. Manches junge Mädchen fragte, in der Überzeugung, daß nichts anders als das Geständnis seiner Liebe über des Barons Lippen fließen könne. Andere, die diese Überzeugung nicht hatten, drangen deshalb in den Baron, weil sie wohl wußten, daß ein Mann, der einem jungen Frauenzimmer irgendein Geheimnis entdeckt, und sollte es auch ein sorglich zu verschweigender Liebesbund mit einer andern sein, wenigstens einen Teil seines Herzens mit wegschenkt und daß die Vertraute gewöhnlich den Teil, der für die Glückliche übriggeblieben, nach und nach in Anspruch nimmt und wirklich gewinnt. Alte Damen wollten das Geheimnis wissen, um nachher die gebietende Herrin zu spielen, junge Männer aber, weil sie gar nicht begreifen konnten, wie dem Baron, und nicht ihnen, das Außerordentliche begegnet, und weil sie gern wissen wollten, wie es anzufangen, um ebenso interessant zu erscheinen als er. – Jede Mitteilung dessen, was sich in Schnüspelpolds Wohnung an jenem Tage begeben, war natürlicherweise unmöglich. Der Baron mußte schweigen, weil er nichts zu entdecken hatte, und ebendaher kam es, daß er bald sich selbst einbildete, er trüge ein Geheimnis in sich, das ihm selbst ein Geheimnis. Andre Leute von etwas melancholischem Temperament hätte solch ein Gedanke zum Wahnsinn treiben können, der Baron befand sich aber sehr wohl dabei, ja, er vergaß darüber das eigentliche nicht mitteilbare Geheimnis und Schnüspelpold und die schöne Griechin dazu. In dieser Zeit gelang es denn auch den Künsten der kokettierenden Amalie Simson, den Baron wieder an sich zu ziehen. Sein Hauptgeschäft war, schlechte Verse zu drechseln, noch schlechtere Musik dazu zu machen und die miserablen Erzeugnisse seiner verstockten Muse der Bankierstochter vorzuplärren. Er wurde bewundert und war daher im Himmel. Das sollte aber nicht lange dauern.

Eines Abends, als er, aus einer Abendgesellschaft, die eben bei dem Bankier Nathanael Simson stattgefunden, spät in der Nacht zurückgekehrt, sich entkleiden ließ, faßte er in die Brusttasche des Fracks, um die Börse herauszunehmen. Mit der Börse zog er aber ein kleines Zettelchen hervor, auf dem die Worte standen:

»Unglückseliger, Verblendeter! Kannst Du so leicht die vergessen, die Dein Leben, Dein alles sein sollte, mit der Dich höhere Mächte verbanden zum höheren Sein?«

Ein elektrischer Schlag durchfuhr sein Innres. – Keine andere als die Griechin hatte diese Worte geschrieben. Das Himmelsbild stand ihm vor Augen, er lag in den Armen der Schönsten, er fühlte ihre Küsse auf seinen Lippen brennen! – »Ha«, rief er begeistert aus, »sie liebt mich, sie kann mich nicht lassen! Verschwinde, schnöder Trug! Geh zurück in dein Nichts, kecke Bankierstochter! – Hin zu ihr, der Göttlichen, der hohen, hehren – hin zu ihren Füßen zu stürzen und Verzeihung zu erringen!«

Der Baron wollte fort, der Kammerdiener erinnerte dagegen, ob es nicht besser sein würde, schlafen zu gehen, der Baron packte ihn aber bei der Gurgel, flammte ihn an mit gräßlichem Blick und sprach: »Verräter, was sprichst du von Schlaf, wenn ein ganzer Ätna von Liebesglut im Innern aufgelodert?« – Darauf küßte er, während ihn der Kammerdiener vollends auskleidete, unter allerlei verwirrten unverständigen Redensarten noch einigemal den Zettel, der, er wußte wahrlich nicht wie, in seine Rocktasche gekommen, legte sich ins Bette und verfiel bald in süßen Schlummer.

Man kann denken, mit welcher Hast er andern Morgens, nachdem er sich auf das schönste und geschmackvollste angekleidet, nach der Friedrichsstraße rannte. Hoch klopfte ihm das Herz vor Entzücken, aber noch höher – vor innerer Angst und Beklommenheit, als er die Klingelschnur des Hauses fassen wollte. Wenn nur nicht die verdammten Zumutungen wären! So dachte er und zögerte länger und länger vor der Türe, in schwerem Kampf mit sich selbst begriffen, bis er am Ende in einer Art verzweifelten Mutes die Klingel stark anzog.

Man öffnete, leise schlich er die Treppe herauf, lauschte an der wohlbekannten Türe. Da sprach drinnen eine gellende schnatternde Stimme:

»Der Heerführer kommt gewappnet und gerüstet, mit dem Schwert in der Hand, und wird vollbringen, was du gebeutst. Will dich aber ein mutloser Schwächling täuschen, so stoße ihm dein Messer in die Brust.«

Der Baron drehte sich sehr geschwind um, sprang ebenso schnell die Treppe herab und lief, was er konnte, die Friedrichsstraße herab.

Unter den Linden hatte sich ein Haufe Menschen gesammelt, die einem jungen Husarenoffizier zuschauten, der sein wildgewordenes Pferd nicht bändigen zu können schien. Das Pferd sprang, bäumte sich so, daß es jeden Augenblick überzuschlagen drohte. Es war graulich anzusehn. Aber fest, wie angeschmiedet, saß der Offizier, zwang endlich das Pferd zu zierlichen Kurbetten und ritt dann im kurzen Trabe davon.

Ein lautes freudiges: »Ha, welch ein Mut, welche Besonnenheit – o herrlich!«, das aus dem Fenster des ersten Stocks eines Hauses zu kommen schien, zog des

Barons Blick in die Höhe, und er gewahrte ein bildschönes Mädchen, die, ganz errötet vor Angst, Tränen im Auge, dem kühnen Reiter nachblickte.

»In der Tat«, sprach der Baron zu dem Rittmeister von B., der sich indessen zu ihm gesellt hatte, »das ist ein kühner mutiger Reiter, die Gefahr war groß.«

»Nichts weniger als das«, erwiderte der Rittmeister lächelnd, »nur gewöhnliche Reiterkünste hat der Herr Lieutenant hier produziert. Sein schönes, kluges Pferd ist zugleich eines der frömmsten, die ich kenne, aber dabei ein vortrefflicher Komödiant, der einzugreifen weiß in das Spiel des Herrn. Die ganze Komödie wurde aufgeführt, um jenem hübschen Mädchen dort Angst einzujagen, die sich auflöst in süße Bewunderung des herrlichen kühnen Pferdebändigers, dem dann forthin ein Tanz und – auch wohl ein verstohlner Kuß nicht abgeschlagen wird.« Der Baron erkundigte sich angelegentlichst, ob es wohl schwer sei, dergleichen Künste zu erlernen, und gestand, als der Rittmeister versicherte, daß der Baron, da er schon sonst ganz passabel reite, sehr bald solches Spiels mächtig werden würde, wie ganz besondere geheimnisvolle Verbindungen ihm es wünschenswert machten, einer gewissen Dame ebenso zu erscheinen, wie der Husarenlieutenant jenem Mädchen. Der Rittmeister, den Schalk im Innern, bot sich selbst zum Lehrer und eins seiner Pferde, das sich auch recht gut auf solches Spiel verstehe, zur Ausführung des Plans an.

Es ist zu merken, daß jener Auftritt in dem Baron die Idee erweckt hatte, sich der Griechin auf eine ganz gefahrlose Weise als einen mutigen Mann zu zeigen, damit sie nur nicht mehr nach seinem Mut frage, das übrige nebst den chimärischen Plänen, wegen Befreiung der miserablen Griechen, werde (so meinte er) dann wohl nach und nach in Vergessenheit geraten.

Die Studien des Barons waren vollendet, selbst auf der Straße hatte er schon gelungene Versuche gemacht, in Gegenwart des Rittmeisters. Da ritt er eines Morgens oder vielmehr Mittags, wenn die Straßen am lebendigsten sind, durch die Friedrichsstraße. – O Himmel! die Griechin stand am Fenster, Schnüspelpold neben ihr. Der Baron begann seine Künste, aber sei es nun, daß er sich übernahm in dem Augenblick der Begeisterung oder daß das Pferd gerade nicht aufgelegt war zu solcher Spielerei, genug – ehe er sich's versah, flog der Baron herab aufs Straßenpflaster, und ruhig blieb das Roß stehen, drehte seitwärts den Kopf und schaute den Gefallnen an mit klugen Augen. Die Leute sprangen herbei, um den Baron, der in tiefer Ohnmacht dalag, aufzuheben und ins Haus zu tragen. Ein alter Regimentschirurgus, der eben vorüberging, drängte sich aber durchs Volk, schaute dem Baron ins Gesicht, faßte seinen Puls, befühlte ihn am ganzen Leibe und brach dann los: »Alle tausend Elemente, mein Herr! was treiben Sie für Narrenstreiche, Sie sind ja gar nicht ohnmächtig, Ihnen fehlt ja nicht das allermindeste, setzen Sie sich doch nur wieder getrost auf!« – Wütend riß sich der Baron von den Leuten los, schwang sich aufs Pferd und ritt davon unter dem schallenden Hohngelächter des versammelten Volks, begleitet von munteren Straßenbuben, die jauchzend neben ihm her Kurier liefen. – Durchaus hatte es dem Baron nicht gelingen wollen, sich der Angebeteten als ein kühner, mutiger Mann zu zeigen, selbst das letzte Mittel, das die Verzweiflung ihm eingab, die verstellte Ohnmacht nämlich, schlug fehl durch die heillose Dazwischenkunft des geraden, keine Schonung kennenden Chirurgus.

Soweit das Blättlein. In den Notizen des Barons Achatius von F. hat sich nichts gefunden, was mit dem Vorhergehenden in Verbindung zu bringen gewesen wäre.

Drittes Blättlein

Vier Blättlein können hier schicklich zusammengezogen werden in eines, da sie die fortlaufende Erzählung eines und desselben Ereignisses enthalten. Die Schrift scheint von dem Kanzleiassistenten Schnüspelpold selbst herzurühren.

Der Baron Theodor von S. schlief in der trüben regnichten Bartholomäusnacht so erstaunlich fest, daß ihn selbst das Geheul des Sturmwindes, das Klappern und Klirren des aufgesprungenen Fensterflügels nicht zu wecken vermochte. Plötzlich fing er aber an, die Nase zu ziehen, als verspüre er irgendeinen Geruch. Dann lispelte er kaum vernehmlich: »Oh, mir gib diese schönen Blumen, du meine süße Liebe!« und schlug die Augen auf. Grenzenlos schien sein Erstaunen, als er das Zimmer blendend erleuchtet, dicht vor Augen aber einen großen duftenden Blumenstrauß erblickte. Dieser Blumenstrauß war aber an dem Rock befestigt, den ein alter Mann angezogen, welchen ein verleumderischer Schriftsteller als verwachsen, krummbeinicht, grotesk in seinem ganzen Wesen geschildert hat. Gut ist es aber, daß besagter Schriftsteller den Mann hat zeichnen lassen und daß die Zeichnung zum Sprechen ähnlich geraten ist. Jeder kann sich daher überzeugen, daß jene Schilderung gänzlich gegen die Wahrheit anstößt. »Um tausend Gottes willen«, rief der Baron ganz erschrocken, »Herr Kanzleiassistent Schnüspelpold, wo kommen Sie hierher zu dieser Stunde?«

»Erlauben Sie«, sprach Schnüspelpold, nachdem er den Fensterflügel befestigt und sich niedergelassen hatte auf den Lehnsessel, den er dicht ans Bette gerückt, »erlauben Sie, verehrtester Herr Baron, daß ich Ihnen meinen Besuch abstatte. Zwar ist die Stunde ungewöhnlich, indessen gerade die einzige, in der ich mich, ohne Aufsehn zu erregen, zu Ihnen begeben konnte, um Sie in Geheimnisse einzuweihen, von denen Ihr Liebesglück abhängt.«

»Sprechen Sie«, erwiderte der Baron, der sich jetzt erst ganz ermuntert, »sprechen Sie, bester Schnüspelpold, vielleicht gelingt es Ihnen, mich aus der schrecklichen Trostlosigkeit zu reißen, in der ich mich befinde. O Schnüspelpold! –«

»Ich weiß«, fuhr Schnüspelpold fort, »ich weiß, wertester Herr Baron, was Sie sagen wollen, und will nicht verhehlen, daß gewisse alberne Streiche, zum Beispiel der Sturz vom Pferde –«

»Oh! oh! oh!« seufzte der Baron und verbarg sich in die Kopfkissen.

»Nun, nun«, sprach Schnüspelpold weiter, »ich will diese mißtönende Saite nicht weiter berühren, sondern nur im allgemeinen bemerken, daß Ihr ganzes Betragen und Treiben, wertester Baron, von dem Augenblick an, als Sie mein Mündel geschaut und sich in sie verliebt hatten, von der Art war, daß alle meine Bemühungen, Ihre Verbindung mit der Schönsten zustande zu bringen, scheitern mußten. Besser ist es daher, Sie mit dem, was zu tun, vertrauter zu machen, dies setzt aber voraus, daß ich Ihnen über meine und meines Mündels Verhältnisse mehr sage, als es gewisser Konstellationen halber eigentlich ratsam sein dürfte. Vernehmen Sie also! – Ich fange, wie die Klugheit jedem in allen Verhältnissen des Lebens gebeut, von mir selbst an. Alle Leute, denen ich in die Nähe komme, sprechen, ich sei ein kurioser Mann, mit dem es nicht recht richtig, ohne daß diese Leute selbst wissen, was sie damit meinen. Allen exzentrischen Männern, das heißt solchen, die aus dem enge gezogenen Kreise des gewöhnlichen Treibens hinausspringen, denen die abgeschlossene Wissenschaft nicht genügt, die Stoff und Nahrung höherer Weisheit nicht in Büchern, sondern die Propheten selbst aufsuchen in fernen Landen, geht es aber so, und auch mir. Erfahren Sie, bester Herr Baron – aber Sie schlafen!« – »Nein, nein«, wimmerte der Baron unter dem Kissen hervor, »ich kann mich nur noch nicht ganz von dem unglückseligen Sturz erholen, erzählt nur, Schnüspelpoldchen!«

»Erfahren Sie also«, fuhr Schnüspelpold fort, »daß ich, nachdem ich Kanzleiassistent geworden, mich mit Macht hingezogen fühlte zu der Wissenschaft aller Wissenschaften, die nur ein flacher abgestumpfter Zeitgeist verworfen, nur ein unwissender Tor für dummes abgeschmacktes Zeug erklären kann. Ich meine die göttliche Kabbala! – Ihnen mehr von dieser Wissenschaft und von der Art zu sagen, wie es mir gelang, einzudringen in ihre Tiefen, das verlohnt nicht der Mühe, da Sie den Teufel was davon verstehen und vor schnöder unweiser Langeweile bald fest einschlafen würden. Es genügt zu sagen, daß ein Kabbalist unmöglich auf die Dauer mit Mut und Liebe Kanzleiassistent bleiben kann. Es war die heilige, göttliche Kabbala, die mich forttrieb aus der Kanzelei, forttrieb aus dem lieben Brandenburg in ferne Länder, wo ich die Propheten fand, die mich annahmen als wißbegierigen gelehrigen Schüler. – Man muß die Asche der Väter ehren! – Mein Vater, der Knopfmacher Schnüspelpold, war ein ziemlicher Kabbalist, und die Frucht vieljähriger Bemühungen ein Talisman, den ich aus meines Vaters Erbschaft mitnahm auf meiner Reise und der mir gute Dienste geleistet hat. Es besteht dieser Talisman in einem ziemlich gearbeiteten Hosenknopf, den man auf der Herzgrube tragen muß, und – Doch Sie hören mich nicht, Baron?« – »Allerdings«, sprach der Baron noch immer in den Kissen, »aber Ihr erzählt entsetzlich weitläuftig, Schnüspelpold, und noch habt Ihr gar nichts vorgebracht, was mich trösten könnte.«

Das würde schon kommen, versicherte Schnüspelpold und fuhr dann weiter fort:

»Ich durchreiste die Türkei, Griechenland, Arabien, Ägypten und andere Länder, wo sich den Kundigen die Schachten tiefer Weisheit öffnen, und kehrte endlich, nachdem ich dreihundertunddreiunddreißig Jahre auf der Reise zugebracht, nach Patras zurück. Es begab sich, daß ich in der Gegend von Patras bei einem Hause vorüberging, welches, wie ich wußte, von einem aus fürstlichem Stamm entsprossenen Griechen bewohnt wurde. Man rief mir nach: ›Gregoros Seleskeh, trete hinein, du kommst zur rechten Stunde.‹ Ich drehte mich um, erblickte in der Tür eine alte Frau, deren Gesicht und Gestalt Sie, wertester Herr Baron, und andere künstlerische Leute an die Sibyllen des Altertums erinnert hätte. Es war Aponomeria, die weise Frau, mit der ich sonst in Patras Umgang gepflogen und die meine Kenntnisse ungemein bereichert hatte. Wohl wußte ich nun, daß Aponomeria Hebammendienste verrichten sollte, was eigentlich ihr Beruf war in Patras. Ich trat hinein, die Fürstin lag in Kindesnöten, und bald war ein liebliches Wunder von Mägdlein geboren. ›Gregoros Seleskeh‹, sprach Aponomeria feierlich, ›betrachte dieses Kind aufmerksam und berichte, was du erschaut.‹ Ich tat das, ich figierte meinen ganzen Sinn, all meine Gedanken auf das kleine Wesen. Da entzündete sich über dem Haupte des Kindes ein blendender Strahlenschimmer, in diesem Schimmer wurde aber ein blutiges Schwert und dann eine mit Lorbeern und Palmen umwundene Krone sichtbar. – Ich verkündete das. Da rief Aponomeria begeistert: ›Heil, Heil der edlen Fürstentochter!‹ – Die Fürstin lag wie im Schlummer, doch bald leuchteten ihre Augen auf, sie erhob sich frisch und munter, alle Jugendblüte im holden Antlitz, aus dem Bette, kniete nieder vor dem Bildnis des heiligen Johannes, das über einem kleinen Altar im Zimmer angebracht, und betete, den verklärten Blick emporgerichtet. ›Ja‹, sprach sie dann, im Innersten bewegt, ›ja, meine Träume werden wahr – Teodoros Capitanaki – das blutige Schwert, es gehört dir, aber die palmen- und lorbeerumwundene Krone empfängst du aus der Hand dieser Jungfrau. Gregoros Seleskeh, Aponomeria! Meinen Gemahl – all ihr Heiligen, vielleicht ist er schon nicht mehr! – *mich* wird bald ein früher Tod hinraffen. Dann sollt ihr die treuen Eltern dieses Kindes sein. – Gregoros Seleskeh, ich kenne deine Weisheit, die Mittel, die dir zu Gebote stehen, du wirst ihn auffinden, *den,* der das blutige Schwert trägt, ihm wirst du die Fürstentochter in die Arme führen, wenn die Morgenröte aufsteigt, wenn die ersten Strahlen glühend aufflimmern und, von ihnen zum Leben entzündet, das gebeugte Volk sich aufrichtet!‹ – Als ich nach zwölf Jahren wieder nach Patras kam, waren beide gestorben, der Fürst und seine Gemahlin. Bei Aponomeria fand ich die Tochter, die nunmehr unser Kind worden. Wir gingen nach Zypern und fanden den, den wir suchten, den wir suchen mußten, um den reichen Schatz, das Besitztum der jungen Fürstin, in Empfang zu nehmen, in dem verfallnen Schloß zu Bassa, ehemals Paphos. – Hier fiel es mir ein, das Horoskop der jungen Fürstin zu stellen. Ich brachte heraus, daß ihr hohes Glück, ein Thron bestimmt durch die Verbindung mit einem Fürsten; aber zu gleicher Zeit gewahrte ich die Zeichen blutigen Mordes, grauenvoller Untaten, entsetzlicher Todeskämpfe, mich selbst darin verflochten und, in dem Augenblick des höchsten Glanzes der Fürstin, arm, verlassen, elend, aller meiner Wissenschaft, meiner kabbalistischen Kraft beraubt. Doch schien es, als wenn der Kabbala es vergönnt sein könnte, selbst die

Macht der Gestirne zu besiegen, und zwar durch die künstliche Entzweiung der ineinanderwirkenden Prinzipe und Einschaffung eines dritten, zur Lösung des Knotens. Dies letzte war nun meine Sache, wenn ich das Unglück, das mir drohte in dem Schicksal meiner Pflegetochter, von mir abwenden und ruhig und glücklich bleiben wollte bis an mein Lebensende. – Ich forschte und forschte, wie das dritte Prinzip zu erzeugen. Ich bereitete einen Teraphim – Sie wissen, Herr Baron, daß die Kabbalisten damit ein künstliches Bildnis bezeichnen, das, indem es geheime Kräfte der Geisterwelt weckt, durch scheinbares Leben täuscht. Es war ein hübscher Jüngling, den ich aus Ton gebildet und dem ich den Namen Theodor gegeben. Die junge Fürstin freute sich über sein artiges Wesen und seinen Verstand, sowie sie ihn aber berührte, zerfiel er in Staub, und ich gewahrte zum erstenmal, daß dem Fürstenkinde gewisse magische Kräfte inwohnen müssen, die meinem kabbalistischen Scharfblick entgangen. Mit einem Teraphim war daher nichts auszurichten, und es blieb nichts übrig, als einen Menschen zu finden, der durch magische Operationen geschickt gemacht werden konnte, jene Entzweiung zu bewirken und in die Stelle des unheilbringenden Teodoros Capitanaki zu treten. – Mein Freund, der Prophet Sifur, half mir aus der Verlegenheit. Er sagte mir, daß sechs Jahre vor der Geburt der Fürstentochter eine Baronesse von S. im Mecklenburg-Strelitzschen, die die Tochter einer griechischen Fürstin aus Zypern sei, einen Sohn geboren –«

»Was?« rief der Baron, indem er aus den Kissen herausfuhr und den Kanzleiassistenten anblickte mit blitzenden Augen, »was – wie? – Schnüspelpoldchen, Sie sprechen ja von meiner Mutter! – so sollte es doch wahr sein?«

»Sehn Sie wohl«, sprach Schnüspelpold, indem er arglistig schmunzelte, »sehn Sie wohl, wertgeschätztester Herr Baron, nun kommt das Interessante, nämlich Ihre eigene werte Person.« Dann fuhr er fort: »Also der Prophet Sifur entdeckte mir die Existenz eines achtzehnjährigen, sehr hübschen und angenehmen mecklenburgschen Barons, der wenigstens von mütterlicher Seite aus griechischem fürstlichen Stamm entsprossen, bei dessen Geburt alle Gebräuche nach griechischer Art beobachtet worden und der in der Taufe den Namen Theodor erhalten. Dieser Baron, versicherte der Prophet, würde ungemein geschickt zu dem wirklich lebendigen Teraphim taugen, mittelst dessen das Horoskop zu vernichten und den Fürsten Teodoros Capitanaki samt seinem blutigen Schwert in ewige Vergessenheit zu begraben. Der Prophet schnitzte hierauf ein kleines Männlein aus Korkholz, strich es mit Farben an, kleidete es auf eine Weise, die mir sehr possierlich vorkam, und versicherte, daß dies Männchen eben der Baron Theodor von S. sei, wiewohl in verjüngtem Maßstabe. Ich muß denn auch gestehen, daß, als ich Sie, mein wertgeschätzter Herr Baron, zum erstenmal zu sehen das Glück hatte, mir gleich das Korkmännchen vor Augen stand, es gibt nichts Täuschenderes. Derselbe holde schwärmerische Blick, der Ihre Augen beseelt –« – »Finden Sie auch die Schwärmerei in meinem Blick, die den tiefen Genius verkündet?« So unterbrach der Baron den Kanzleiassistenten, indem er die Augen gräßlich verdrehte.

»Allerdings«, sprach Schnüspelpold weiter, »allerdings! Ferner dieselbe Narrheit im ganzen Wesen und Betragen.«

»Sind Sie des Teufels«, schrie der Baron erzürnt!

»Bitte sehr«, fuhr Schnüspelpold fort, »bitte sehr, ich meine bloß jenes närrische Wesen, wodurch sich eminente Genies, exzentrische Köpfe von gewöhnlichen vernünftigen Menschen unterscheiden. Es klebt mir, zu meiner Freude, auch etwas von jenem Wesen an, und ich würde noch heftiger ausschreiten, wenn mich nicht mein Haarzopf daran hinderte. – Wir beide, der Prophet und ich, mußten herzlich über das kleine Püppchen lachen, denn es kam uns beiden ungemein albern vor, indessen wurde ich sehr bald von der Richtigkeit der kabbalistischen und astrologischen Beobachtungen, die der weise Sifur angestellt hatte, auf das innigste überzeugt. Nicht in Staub zerfiel das Püppchen, als die Fürstin es berührte, sondern sprang freudig auf ihrem Schoße umher. Sie gewann es sehr lieb und nannte es ihren schönen Teodoros. Aponomeria hegte dagegen den tiefsten Abscheu gegen das kleine Ding, war meinem ganzen Tun und Treiben in jeder Rücksicht entgegen und widersetzte sich der Reise nach Deutschland, die ich vier Jahre darauf mit ihr und der Fürstin unternehmen wollte, in der geheimen Absicht, Sie, wertgeschätztester Herr Baron, aufzusuchen und zu meinem und Ihrem Besten, koste es, was es wolle, Ihre Verbindung mit der Fürstin zustande zu bringen. Aponomeria warf tückischerweise das Korkpüppchen, also in gewisser Art Sie selbst, mein Herr Baron! ins Feuer. Durch diese Unvorsichtigkeit geriet sie aber ganz in meine Macht, ich wußte sie mir vom Halse zu schaffen. – Mit meiner Fürstin und dem reichen Schatz, der ihr Eigentum und auch in gewisser Art das meinige, verließ ich Zypern und ging nach Patras, wo ich von dem preußischen Konsul, Herrn Andreas Condoguri, mit Freundschaft und Güte aufgenommen wurde. O hätte ich nimmermehr diesen Ort berührt! – Hier war es, wo die Fürstin mit der Kraft eines Talismans bekannt wurde, der, ein uraltes Erbstück der Familie, sich in ihrem Besitz befindet. Ein altes Weib sah ich von ihr gehen. – Nun genug, die Fürstin benutzte den Talisman so gut, daß ich, konnte meine kabbalistische Gewalt über sie auch nicht gebrochen werden, doch ebensosehr ihr Sklave wurde, als ich ihr Herr bin. Durch das Horoskop, durch meine kabbalistischen Operationen und durch die Kraft des Talismans ist eine solche wunderbare Verkettung magischer Gewalten entstanden, daß ich untergehen muß oder die Fürstin, je nachdem das Horoskop steigt oder meine Kabbala. – Ich kam hieher, ich fand Sie, begreiflich wird es Ihnen sein, wie behutsam ich die Operationen beginnen mußte, die die Fürstin in Ihre Arme führen sollten. Ich spielte Ihnen die Brieftasche in die Hände, die Sie zufällig gefunden zu haben glaubten. Wir waren Ihnen oft nahe, Sie gewahrten uns nicht. – Ich ließ die Anzeige in die Zeitungen einrücken, Sie merkten nicht darauf! Wären Sie nur nach Patras gekommen, alles wäre gut gegangen. Aber – werden Sie nicht grimmig, wertgeschätztester Herr Baron – Ihr sonderbares Benehmen, Ihre fabelhaften, ich möchte beinahe sagen, albernen Streiche waren schuld daran, daß meine wohlberechnetsten Bemühungen vereitelt werden mußten. – Schon gleich, als wir Sie im Wirtshause in der Nacht trafen – Ihr Zustand – der schnarchende Italiener – Leicht wurde es der Fürstin, wieder in den Besitz der Brieftasche und des darin enthaltenen magischen Spielzeuges zu kommen, das Ihnen gar nützlich hätte werden können, und so den Zauberknoten zu lösen, den ich geschürzt. In dem Moment –« – »Schweigen Sie«, unterbrach der Baron den Kanzleiassistenten mit kläglicher Stimme, »schweigen Sie, teurer Freund, von jener unglückseligen Nacht, ich war ermüdet von der Reise nach Patras, und da –« – »Ich weiß alles«, sprach der Kanzleiassistent. »Also in dem Moment hielt sie die Fürstin für das Trugbild, das sie den Hasenfuß aus dem Tiergarten zu nennen pflegte. Doch es ist noch nicht alles verloren, und ich habe Sie deshalb in meine Geheimnisse eingeweiht, damit Sie sich leidend verhalten und mich ohne Widerstreben schalten lassen sollen. – Noch habe ich vergessen, Ihnen zu sagen, daß sich auf der Reise hieher der Papagei zu uns fand, mit dem Sie sich letzthin bei mir unterredet haben. Ich weiß, daß dieser Vogel auch mir feindlich entgegenwirkt. – Hüten Sie sich vor ihm, es ist, ich ahne es, die alte Aponomeria! – Jetzt ist ein günstiger Moment eingetreten. Die Bartholomäusnacht hat auf Sie, verehrtester Herr Baron, eine ganz besondere geheimnisvolle Beziehung. Wir wollen sogleich die Operation beginnen, die zum Ziele führen kann.«

Damit löschte Schnüspelpold sämtliche Kerzen aus,

die er angezündet, zog einen kleinen leuchtenden Metallspiegel hervor und flüsterte dem Baron zu, er möge mit Unterdrückung aller übrigen Gedanken und Vorstellungen den liebenden Sinn ganz auf die griechische Fürstin figieren und fest in den Spiegel hineinblicken. Der Baron tat es, und, o Himmel! die Gestalt der Griechin trat hervor aus dem Spiegel im Himmelsglanz überirdischer Schönheit. Sie breitete die bis an die Schultern bloßen blendenden Lilienarme aus, als wolle sie die Geliebten umfangen. Näher und näher schwebte sie, der Baron fühlte den süßen Hauch ihres Atems auf seinen Wangen! – »O Entzücken – o Seligkeit!« rief der Baron ganz außer sich, »ja, holdes angebetetes Wesen, ja, ich bin dein Fürst Teodoros und kein schnödes Trugbild aus Korkholz – Komm in meine Arme, süße Braut, ich lasse dich nimmer.« Damit wollte der Baron die Gestalt erfassen. Im Augenblick verschwand aber alles in dicke Finsternis, und Schnüspelpold rief zornig: »Knoblauch in deine Augen! du verdammter Hasenfuß! – Deine Vorschnelligkeit hat schon wieder alles verdorben!«

Auch diesem Blättlein ist aus den Notizen des Achatius von F. nichts weiter hinzuzufügen.

Viertes Blättlein

Dieses Blatt ist augenscheinlich nichts anders als ein Billett, das der Baron Theodor von S. an den Kanzleiassistenten Schnüspelpold geschrieben. Man bemerkt noch sehr deutlich die Kniffe und die Stelle, wo das Siegel gesessen. Es lautet wie folgt:

»Mein hochverehrtester Herr Kanzleiassistent! Gern will ich Ihnen die begangenen Fehler eingestehen und sie herzinniglich bereuen. Aber bedenken Sie, teurer Schnüspelpold, daß ein Jüngling, der so wie ich von feuriger schwärmerischer Natur ist und dabei vom ganzen süßen Wahnsinn der glühendsten Liebe befangen, wohl nicht imstande sein kann, mit Besonnenheit zu handeln, zumal wenn Zauberei im Spiele, die ihn garstig neckt. Und bin ich denn nicht hart genug bestraft worden dafür, daß ich aus Unvorsichtigkeit, aus Unkunde fehlte? – Seit dem verhängnisvollen Fall vom Pferde bin ich auch aus der Mode gefallen. Weiß der Himmel, auf welche Art das fatale Ereignis in ganz B. bekannt wurde. Überall, wo ich mich blicken lasse, erkundigt man sich mit verhöhnender Teilnahme, ob mein böser Sturz keine üble Folgen gehabt, und hält sich kaum zurück, mir ins Gesicht zu lachen. – Es gibt kein größeres Unglück, als lächerlich zu werden, der Lächerlichkeit folgt allemal, wenn die Lacher ermüdet, völlige Bedeutungslosigkeit. Dies ist leider mein Fall, in den brillantsten Zirkeln, wenn ich zu erscheinen gedenke als siegender Held des Tages, achtet niemand meiner, will niemand mehr mein Geheimnis erfahren, und selbst die borniertesten Fräuleins erheben sich über mich und rümpfen die Nase eben in dem Augenblick, wenn ich ganz göttlich bin. – Ich weiß, daß mich ein neuer imposant kühner Schnitt eines Fracks retten könnte, habe schon nach London und Paris geschrieben und werde das Kleid wählen, welches mir am tollsten, am bizarrsten scheint; aber kann mir das ein Glück auf die Dauer verschaffen? – Nein, *sie* muß ich gewinnen, die all mein Leben ist und meine Hoffnung! O Gott, was frägt ein Herz voll Liebe nach neumödischen Fracks und dergleichen – Ja! es gibt Höheres in der Natur als die Tees der eleganten Welt! – Sie ist reich, schön, von fremder hoher Abkunft – Schnüspelpold, ich beschwöre Sie, bieten Sie Ihre ganze Wissenschaft, all Ihre geheimnisvollen Künste auf, machen Sie gut, was ich verdarb, stellen Sie den – oh, ich möchte meine Kühnheit, meine Ausgelassenheit verwünschen – ja, stellen Sie den Zauber wieder her, den ich verdarb. Ich gebe mich ganz in Ihre Macht, ich tue alles, was Sie gebieten! – Bedenken Sie, daß von meiner Verbindung mit der Fürstin auch Ihr Wohl und Weh abhängt. Schnüspelpold – teurer Schnüspelpold! operieren Sie sehr! – Antwort, um tröstende Antwort fleht mit heißem Verlangen

Ihr innigst ergebenster Theodor Baron von S.«

Auf der Rückseite des Blatts steht Schnüspelpolds Antwort.

»Hochgeborner Herr Baron! Die Sterne sind Ihnen günstig. Unerachtet Ihrer ungeheueren Unvorsichtigkeit, die uns beide hätte verderben können, ist die kabbalistische Operation dennoch keinesweges ganz mißlungen, wiewohl es jetzt noch mehr Zeit und Mühe kostet, den Zauber zu vollbringen, als es sonst der Fall gewesen sein würde. Der Papagei war noch in magischem regungslosem Schlaf erstarrt. Meine Mündel befand sich ebenfalls noch in dem Zustande, der mein Werk war. Sie klagte mir jedoch, daß, bald nachdem sie ihr Idol, den Fürsten Teodor Capitanaki, im höchsten Entzücken der Liebe zu umarmen vermeint, der korkene Hasenfuß täppisch dazwischengefahren sei, und bat mich, ihn wo möglich bei Gelegenheit niederzustoßen, wenn sie es nicht lieber selbst tun, oder ihm wenigstens mit dem magischen Messer die Pulsader aufschneiden solle, damit die Leute, die er so lange arglistig getäuscht, endlich zu der Überzeugung kämen, daß nur weißes kaltes Blut in ihm fließe. Dessenunerachtet, mein hochverehrtester Herr Baron, können Sie sich so gut als verlobt ansehn mit der Fürstin. Nur müssen Sie jetzt auf das sorglichste Ihr Betragen darnach einrichten, daß Sie nicht wieder aufs neue alles verderben, denn sonst ist der Zauber unwiederbringlich zerstört. Fürs erste, laufen Sie nicht hundertmal des Tages bei meinen Fenstern vorüber. Außerdem, daß es sich schon an und für sich selbst sehr albern ausnimmt, wird auch dadurch die Fürstin immer mehr in ihrer vorgefaßten Meinung bestärkt, daß Sie bloß ein korkner – aus dem Tiergarten sind. Es kommt überhaupt darauf an, daß Sie die Fürstin jetzt niemals anders erblicken als in einem gewissen träumerischen Zustande, in den Sie, trügt mich nicht meine Wissenschaft, in jeder Nacht zur Mitternachtsstunde fallen werden. Dazu gehört aber, daß Sie jeden Abend auf dem Punkt zehn Uhr sich ins Bette legen und überhaupt ein stilles, nüchternes abgeschiedenes Leben führen. Frühmorgens um fünf oder spätestens sechs Uhr stehen Sie auf und machen, erlaubt es das Wetter, einen Spaziergang nach dem Tiergarten. Sie tun gut, wenn Sie bis zur Statue des Apollo wandern. Dort dürfen Sie sich ohne Schaden etwas toll gebärden und verliebte wahnsinnige Verse, sogar Ihre eignen, laut deklamieren, insofern sie sich auf Ihre Liebe zur Fürstin beziehen, zurückgekehrt (Sie haben durchaus noch nichts genossen), erlaube ich Ihnen eine Tasse Kaffee zu trinken, jedoch ohne Zucker und ohne Rum. Um zehn Uhr dürfen Sie ein Schnittchen westfälischen Schinken oder ein paar Scheiben Salami nebst einem Glase Jostischen Biers zu sich nehmen. Punkt ein Uhr setzen Sie sich alleine in Ihrem Zimmer zu Tische und essen einen Teller Kräutersuppe, dann etwas gekochtes Rindfleisch mit einer mittelmäßigen sauern Gurke, und gelüstet's Ihnen durchaus nach Braten, so wechseln Sie geschickt mit gebratenen Tauben und Brathechten, wozu Sie doch beileibe nicht etwa stark gewürzten Salat, sondern höchstens etwas Pflaumenmus genießen dürfen. Dazu trinken Sie eine halbe Flasche des dünnen weißen Weines, welcher schon an und vor sich selbst die gehörige Beimischung von Wasser hat. Sie bekommen den in allen Weinhäusern des Orts. Was Ihre Beschäftigung betrifft, so vermeiden Sie alles, was Sie erhitzen könnte. Lesen Sie Lafontainische Romane, Ifflandsche Komödien, Verse dichterischer Frauen, wie sie in allen neuen Taschenbüchern und Romanen stehen, oder, was am besten ist, machen Sie selbst Verse. Denn die psychische Qual, die Sie dabei empfinden, ohne jemals in Begeisterung zu geraten, hilft erstaunlich zum Zweck. Am mehrsten warne ich Sie für zwei Dinge. Trinken Sie unter keiner Bedingung auch nur ein einziges Glas Champagner und machen Sie keinem Frauenzimmer den Hof. Jeder verliebte Blick, jedes süße Wort oder gar ein Handkuß ist eine schnöde Untreue, die zur Stelle auf eine Ihnen sehr unangenehme Art gerügt werden wird, um wo möglich Sie im Geleise zu erhalten. Meiden Sie vorzüglich das Simsonsche Haus. Amalia Simson, die Ihnen schon weismachen wollte, ich sei ein Jude aus Smyrna und die Fürstin sei meine wahnsinnige Tochter, sucht Sie in ihre Netze zu ziehn. Sie wissen vielleicht nicht, daß Nathanael Simson selbst das ist, wofür mich die saubere Tochter ausgab? Nämlich ein Jude, unerachtet er Schinken frißt und Schlackwurst. Er ist auch im Komplott mit der Tochter, macht er es aber zu arg, so soll ihm der Dämon, während er ißt, zurufen: ›Gift in deine Speise, verruchter Mauschel!‹, und er ist verloren. – Vermeiden Sie auch das Reiten, Sie haben schon zweimal Unglück gehabt mit Pferden. Befolgen Sie, mein hochverehrtester Herr Baron, alle diese Vorschriften genau, so werden Sie sehr bald von mir Weiteres vernehmen.

Mit der vorzüglichsten etc.«

Aus den Notizen des Barons Achatius von F. sind hier folgende kurze Bemerkungen mitzuteilen:

»Nein, es ist durchaus nicht zu ergründen, was in diesen jungen Menschen, in Deinen Neffen Theodor, gefahren sein muß. Er ist blaß wie der Tod, verstört in seinem ganzen Wesen, kurz, ein ganz anderer worden, als er sonst war. – Um zehn Uhr morgens besuchte ich ihn, fürchtend, er werde noch in den Federn liegen. Statt dessen fand ich ihn, wie er eben frühstückte. Und rate, worin sein Frühstück bestand? – Nein, das zu raten ist unmöglich! – Auf einem Teller lagen ein paar dünne Scheibchen Salamiwurst und daneben stand ein mäßiges Glas, worin – Braunbier perlte! – Erinnere Dich des Abscheus, den sonst Theodor gegen Knoblauch hegte! – Ist jemals ein Tropfen Bier über seine Lippen geglitten? – Ich bezeugte ihm meine Verwunderung über das herrliche üppige Frühstück, das einzunehmen er im Begriff stehe. Da schwatzte er viel verwirrtes Zeug durcheinander, von notwendiger strenger Diät – von Kaffee ohne Zucker und Rum, von Kräutersuppen, von sauren Gurken, Brathechten mit Pflaumenmus und wäßrichtem Wein. Die Brathechte mit Pflaumenmus trieben ihm Tränen in die Augen. – Er schien meinen Besuch gar nicht gern zu sehen, deshalb verließ ich ihn bald.«

»Krank ist Dein Neffe nicht, krank nicht im mindesten, aber von seltsamen Einbildungen befangen. Unerachtet er nun nicht die mindesten Spuren geistiger Zerrüttung zeigt, so meint der Doktor H. dennoch, daß er an einer Mania occulta leiden könne, die eben das Eigentümliche hat, daß sie auf keine Weise, weder in physischer noch psychischer Hinsicht, verspürt werden kann und so einem Feinde gleicht, der gar nicht anzugreifen ist, weil er sich nirgends zeigt. Es wäre schade um Deinen Neffen!«

»Was ist denn das? Soll ich denn abergläubischerweise an Hexenkünste glauben? – Du weißt, ich bin von jeher gesunden festen Gemüts und nichts weniger als zur Schwärmerei geneigt gewesen, doch was man mit eignen Ohren hört, mit eignen Augen sieht, das kann man sich doch mit dem besten Willen nicht abstreiten. – Mit der größten Mühe hatte ich Deinen Neffen überredet, mit mir zum Souper bei der Frau von G. zu gehen. Das bildhübsche Fräulein von T. war dort, im vollen Glanze des beau jour, geputzt wie ein Engel. Sie redete, freundlich und anmutig wie sie ist, den düstern, in sich gekehrten Vetter an, und ich gewahrte, mit welcher Gewalt Theodor sich zwang, nicht den Blick ruhen zu lassen auf der schönen Gestalt. Sollt er eine tyrannische Geliebte haben, die ihn despotisiert? So dacht ich. Zehn Uhr war es gerade, als man sich zu Tische zu setzen im Begriff stand. Theodor wollte durchaus fort, doch indem ich mich mit ihm herumzankte, trat das Fräulein von T. heran. ›Wie, Vetter, Sie werden mich doch zu Tische führen?‹ So sprach sie mit naiver Lustigkeit und hing sich ohne weitere Umstände in seinen Arm. Ich saß dem Paar gegenüber und bemerkte zu meiner Freude, wie Theodor bei der schönen Nachbarin immer mehr und mehr auftaute. Er trank rasch hintereinander einige Gläser Champagner, und immer feuriger wurden seine Blicke, immer mehr verschwand die Todesbleiche von seinen Wangen. Man hob die Tafel auf, da faßte Theodor die Hand der reizenden Cousine und drückte sie zärtlich an seine Lippen. Doch in dem Augenblick gab es einen Klatsch, daß der ganze Saal widerhallte, und Theodor fuhr, entsetzt zurückprallend, nach seiner Backe, die kirschrot war und aufgeschwollen schien. Dann rannte er wie unsinnig zum Saal heraus. Alle waren sehr erschrocken, vorzüglich die schöne Cousine, mehr aber über Theodors Entsetzen und plötzliche Flucht als über die Ohrfeige, die er von unsichtbarer Hand erhalten. Auf diesen tollen Geisterspuk schienen nur wenige was zu geben, unerachtet ich mich von einem fatalen fieberhaften Frösteln durchbebt fühlte.«

»Theodor hat sich eingeschlossen, er will durchaus niemanden sprechen. Der Arzt besucht ihn.«

»Sollte man es glauben, was eine alternde Kokette vermag? – Amalie Simson, eine Person, die mir in den Grund der Seele zuwider ist, hat Schloß und Riegel durchdrungen. Sie ist in Begleitung einer Freundin bei Theodor gewesen und hat ihn überredet, nach dem Tiergarten zu fahren. Er hat zu Mittag gegessen bei dem Bankier und soll bei vorzüglicher Laune gewesen sein, auch Gedichte vorgelesen haben, wodurch alle Gäste verscheucht worden sind, so daß er zuletzt mit der reizenden Amalie allein geblieben ist.«

»Es ist zu arg, es ist zu arg, mir geht's im Kopf herum wie in einer Mühle, ich stehe nicht mehr fest auf den Füßen, mich treibt ein toller Schwindel! – Gestern werd ich eingeladen von dem Bankier Nathanael Simson zum Souper. Ich gehe hin, weil ich Theodor dort vermute. Er ist wirklich da, eleganter, das heißt närrischer, fabelhafter gekleidet als jemals, und gebärdet sich als Amaliens entschiedenen Liebhaber. Amalie hat die verblühten Reize tüchtig aufgefrischt, sie sieht bei dem Lichterglanz ordentlich hübsch und jung aus, so daß ich sie deshalb hätte zum Fenster herauswerfen mögen. Theodor drückt, küßt ihr die Hände. Amalie wirft siegreiche Blicke umher. Nach der Tafel wissen beide geschickt sich in ein Kabinett zu entfernen. Ich verfolge sie, schaue durch die halb geöffnete Türe, da schließt der Schlingel das fatale Judenkind feurig in seine Arme. Da geht es aber auch – Klatsch – Klatsch – Klatsch, und es regnet Ohrfeigen, von unsichtbarer Hand zugeteilt. Theodor taumelt halb sinnlos durch den Saal – Klatsch – Klatsch geht es immer fort, und als er schon ohne Hut auf der Straße entflieht, hört man es noch nachhallen Klatsch – Klatsch – Klatsch – Amalie Simson liegt in tiefer Ohnmacht – Die Spur des tiefen Entsetzens liegt auf den leichenblassen Gesichtern der Gäste! – Keiner vermag eine Silbe laut werden zu lassen über das, was geschehen – Man geht in tiefem Schweigen, verstört, auseinander –«

»Theodor wollte mich nicht sprechen, er schickte mir einen kleinen Zettel heraus, hier ist er: ›Sie sehen mich umgarnt von bösen unheimlichen Mächten! Ich bin der Verzweiflung nahe. Ich muß mich losreißen, ich muß fort. Ich will zurück nach Mecklenburg. Verlassen Sie mich nicht. Nicht wahr, wir reisen zusammen? – Wenn's Ihnen recht ist, in drei Tagen.‹

Ich werde die nötigen Anstalten zur Reise machen und Dir, will's der Himmel, Deinen Neffen, allem tollen Spuk entrückt, frisch und gesund in die Arme zurückführen.«

Es kann schicklich hier noch ein kleines Blättchen aus der Brieftasche eingefügt werden, wahrscheinlich ist es die Abschrift eines Billetts, das Schnüspelpold an den Baron schrieb.

»So befolgen Sie, Hochgeborner, die Vorschriften, die ich Ihnen gab, um die Hand der Fürstin zu erringen? – Hätte ich glauben können, daß Sie so leichtsinnig wären, als Sie es wirklich sind, nimmermehr hätte ich auf Sie nur im geringsten gerechnet. Offenbar hat sich der Prophet Sifur verguckt. – Doch auch ein Wort des Trostes! – Da eigentlich nur die bösen Ränke des alten Juden und seiner Tochter an Ihrem Hauptvergehen schuld sind und Sie nicht aus eigner freier Willensbestimmung handelten, so hält der Zauber noch fest, und es kann alles ins Geleise gebracht werden, wenn Sie von nun an genau die Ihnen gegebenen Vorschriften befolgen und vorzüglich das Simsonsche Haus gänzlich meiden. Nehmen Sie sich in acht für den Bankier, er treibt gewisse Künste, die zwar nur talmudisch genannt zu werden verdienen, eine ehrliche Christenseele aber doch ins Verderben stürzen können. Mit der vorzüglichsten Hochachtung habe ich die Ehre etc.

(Astariot sogleich zur Bestellung übergeben.)«

Fünftes Blättlein

Dieses Blättlein ist von der Hand der Fürstin.

»Was ist es mit dem seltsamen Zustande, der mich seit einigen Tagen ergriffen? Was begab sich in jener Nacht, als ich, plötzlich meinem Selbst entrückt, mir nur ein namenloser Schmerz schien, den ich doch wieder wie heiße Inbrunst der Liebe empfand? Alle meine Gedanken fliegen ihm zu, der meine Sehnsucht ist, mein einziges Hoffen, und doch – welche Gewalt hält mich fest, welche unsichtbare Arme umschlingen mich wie im Entzücken des glühendsten Verlangens? Und nicht loswinden kann ich mich, und es ist, als ob ich nur leben könnte in dieser Gewalt, die mein Innres verzehrt wie aufgelodertes Feuer, aber diese Flammen sind Gefühle, Wünsche, die ich nicht zu nennen vermag! – Apokatastos ist traurig, läßt die Fittiche hängen und blickt mich oft an mit Augen, in denen sich tiefes Mitleiden, tiefer Gram abspiegelt. Der Magus ist dagegen besonders munter, ja zuweilen keck und übermütig, und kaum vermag ich in meiner Trostlosigkeit ihn in seine Schranken zurückzuweisen. – Nein, dieses arme Herz, es bricht, wenn dieser entsetzliche Zustand nicht bald endet. – Und hier in diesen Mauern, fern von der süßen Heimat.

Ich weinte, ich klagte laut, Maria vergoß mit mir Tränen, ohne daß sie meine Qual verstand, da schüttelte Apokatastos die Flügel, wie er es lange nicht getan, und sprach: ›Bald – bald – Geduld – der Kampf beginnt –‹ Das Sprechen schien ihm sehr schwer zu werden. Er flatterte heran an den Schrank, in dem, wie ich weiß, mein Magus eine hermetisch verschlossene Kapsel aufbewahrt, die sein wunderbarstes Geheimnis enthält. An das Schloß dieses Schranks schlug Apokatastos so stark mit dem Schnabel, daß es inwendig zu dröhnen, zu klirren und klingen begann. Der Magus trat hinein und schien, als er das Beginnen des Papageies gewahrte, heftig zu erschrecken. Apokatastos erhob ein solches durchdringendes entsetzliches Geschrei, wie ich es noch niemals von ihm gehört habe, rauschte mit den Flügeln und flog endlich dem Magus geradezu ins Gesicht. Der Magus rettete sich, wie gewöhnlich, ins Bette und zog die Decke über. Apokatastos sprach: ›Noch nicht Zeit – aber bald, Teodoros –‹ Nein, ich bin nicht ganz verlassen, Apokatastos ist es, der mich beschützt – Maria, das arme Kind, war heftig erschrocken und meinte, das wären ja alles unheimliche Dinge, und ihr graute – Ich erinnerte sie an die Johannisnacht, da wurde sie wieder freundlich und blieb auf mein Flehen bis spät in die Nacht hinein. Auch ich erheiterte mich, wir spielten, wir sangen, wir scherzten, wir lachten. Selbst das Spielzeug aus der Brieftasche, Band und Blume, mußte uns zu manchem Ergötzen dienen. Ach! – nur zu kurz dauerte die Freude. Mein Magus streckte sein Haupt empor, und indem ich über sein possierliches Ansehn (er hatte wieder die Spitzenhaube aufgesetzt) in ein lautes Gelächter ausbrechen wollte, verfiel ich, da der Magus mich mit seinen fürchterlichen Augen anstarrte, wiederum in jenen heillosen Zustand, und es war mir, als wenn ich irgend jemanden ohrfeigte. Sehr deutlich gewahrte ich, daß ich wirklich mit der rechten Hand unaufhörlich in die Luft hineinschlug, und vernahm ebenso deutlich das Klatschen der Ohrfeigen – Ha! und gewiß ist die Arglist und Bosheit meines Magus an allem schuld –

›Der Talisman wird wirken‹, ruft in diesem Augenblick Apokatastos! – Freudiges Hoffen leuchtet in mir auf – O Teodoros!«

Aus mehreren Notizen des Barons Achatius von F. wird folgendes im Zusammenhange beigebracht.

Ist was Tolles geschehen, so folgt allemal das noch Tollere. Theodor hatte sich von seinem Schmerz, seiner Verzweiflung so ziemlich erholt, und der joviale Rittmeister von B. vermochte so viel über ihn, daß er nicht allein, unerachtet er nach Mecklenburg reisen wollen, in Berlin blieb, sondern auch von seiner strengen Diät merklich nachließ. In die Stelle der Salami trat ein tüchtiger italienischer Salat und ein wohlbereitetes Beefsteak, in die Stelle des Jostischen Biers ein gutes Glas Portwein oder Madera. Da der Appetit sich darauf um ein Uhr noch nicht eingestellt, so wurde zwei Stündchen später in der Jagorschen Restauration nicht eben gar zu mäßig gegessen und ebenso getrunken. Das einzige, was der Rittmeister billigte, waren die frühen Spaziergänge nach dem Tiergarten, die er indessen in Spazierritte verwandelt wünschte. Des Barons seltsamer Zustand schien ihm nämlich von einer tiefen Hypochondrie herzurühren, und das Reiten hielt der Rittmeister für das beste Mittel dagegen, sowie überhaupt für ein Universalmittel gegen Beschwerden der verschiedensten Art. Zum Reiten wollte sich der Baron, des zwiefachen Unglücks, das er seit kurzer Zeit erlebt, und Schnüspelpolds Warnung eingedenk, durchaus nicht entschließen. – Von dem Baron konnte man aber wohl mit Recht behaupten, daß der Himmel ihm eben nicht den festesten Charakter verliehen und daß er, ein schwaches Rohr, dem andringenden Sturme sich beugen mußte, um nicht zu zerbrechen. So geschah es denn auch, daß er, als er einmal in der Jagorschen Restauration mit dem Rittmeister von B. gegessen und dieser nun ein paar gesattelte Pferde vorführen lassen, sich überreden ließ, das eine zu besteigen und mit dem Rittmeister nach Charlottenburg zu reiten. Ohne den mindesten Unfall ging alles glücklich vonstatten. Der Rittmeister konnte nicht aufhören, den Baron als den zierlichsten, geschicktesten Reiter zu rühmen, und dieser freute sich ganz ungemein, daß man auch nun diesem Vorzug, den ihm Natur und Kunst gegeben, Gerechtigkeit widerfahren lasse. Die Freunde tranken ganz gemütlich bei der Madame Pauli wohlbereiteten Kaffee und schwangen sich dann getrost wieder auf die Pferde. Wohl natürlich war es, daß der Rittmeister sich mühte, die eigentliche Ursache von Theodors seltsamem Betragen, von seiner durchaus veränderten Lebensweise zu erfahren, und ebenso natürlich, daß Theodor ihm darüber nichts Rechtes sagen konnte und durfte. Nur darüber ließ der Baron sich aus, daß an einem großen Ungemach, an einer Qual, die er leiden müsse (er meinte wohl die ihm von unsichtbarer Hand zugeteilten Ohrfeigen), niemand anders schuld sei als der alte Nathanael Simson und seine eroberungssüchtige Tochter. Der Rittmeister, dem beide, Vater und Tochter, längst ganz unausstehlich waren, begann wakker auf den alten Juden zu schimpfen, ohne zu wissen, was er denn dem Baron Arges angetan, und auch der Baron erhitzte sich immer mehr, so daß er zuletzt dem Bankier alles, was er erlitten, in die Schuhe schob und fürchterliche Rache beschloß. So ganz Grimm und Zorn, kam der Baron in die Nähe des Simsonschen Landhauses. – Die Freunde hatten nämlich den Weg über des Hofjägers Besitzung eingeschlagen und ritten die Straße neben den Landhäusern herab. Da erblickte der Baron im offnen Vestibüle des Landhauses eine Tafel, an der Nathanael Simson mit seiner Tochter und mehreren Gästen beim Dessert eines reichen Mittagsmahls saß. Schon war die Dämmerung stark eingebrochen, und es wurden eben Lichter gebracht. Da kam dem Baron ein großer Gedanke. »Tue mir«, sprach er leise zum Rittmeister, »tu mir den Gefallen und reite einmal langsam vorwärts, ich will hier mit einemmal allen bösen Streichen des arglistigen Juden und seiner aberwitzigen Tochter ein Ende machen.« – »Nur kein dummes Zeug, lieber Bruder, das dich wieder blamiert vor den Leuten«, warnte der Rittmeister und ritt, wie Theodor gewünscht, langsam die Straße herab. Nun näherte sich der Baron leise, ganz leise dem Gitter. Ein überhängender Baum versteckte ihn, daß ihn niemand aus dem Hause gewahren konnte. Hinein rief er mit einer Stimme, der er so viel Tiefdröhnendes, Schauerlich-Gespenstisches gab, als nur in seinen Kräften stand: »Nathanael Simson – Nathanael Simson – frißt du mit deiner Familie? Gift in deine Speise, verruchter Mauschel, es ist dein böser Dämon, der dir ruft!« – Diese Worte gesprochen, wollte der Baron schnell hineinspringen ins Gebüsch und so wahrhaft geisterartig verschwunden sein. Doch der Himmel hatte einen andern Ausgang des Abenteuers beschlossen. Plötzlich stätisch geworden, bockte und bäumte sich das Pferd, und alles Mühen des Barons, es aus der Stelle zu bringen, blieb ganz vergebens. Nathanael Simson hatte vor jähem Schreck Messer und Gabel fallen lassen – die ganze Gesellschaft schien erstarrt, der das Glas an den Mund gebracht, hielt es fest, ohne zu trinken, der ein Stück Kuchen in der Kehle, vergaß das Schlucken! Als nun aber das Trappeln und Schnaufen und Wiehern des Pferdes vernommen wurde, sprang alles auf vom Tische und rannte schnell ans Gitter. »Ei, ei, sind Sie es, Herr Baron? – Ei, schönen guten Abend, lieber Herr Baron – wollen Sie nicht lieber absteigen, vortrefflichster Dämon!« So schrie alles durcheinander, und das unmäßigste Gelächter erschallte, das jemals gehört worden, während der Baron, ganz Wut und Verzweiflung, sich vergebens abquälte, um sich zu retten aus dieser Traufe von Verhöhnung und tötendem Spott. Der Rittmeister, der den Lärm vernahm und sogleich ein neues Malheur seines Freundes vermutete, kam zurück. Sowie das Pferd des Barons ihn ansichtig wurde, war es, als sei plötzlich der Zauber gelöst, von dem es festgebannt, denn sogleich flog es mit dem Baron dem Leipziger Tore zu, und zwar in keinesweges wildem, sondern ganz anständigem Galopp, der Rittmeister verließ den Freund nicht, sondern galoppierte ihm treulich zur Seite.

»O daß ich nie geboren wäre, o daß ich nimmer diesen Tag erlebt hätte!« rief der Baron tragisch, als beide, er und der Rittmeister, abgestiegen waren vor seiner Wohnung. – »Der Teufel«, sprach er dann, indem er sich mit geballter Faust vor die Stirne schlug, »der Teufel hole das Reiten und alle Pferde dazu. – Die ärgste Schmach, die hab ich heute davon erlebt!« – »Siehst du«, sprach der Rittmeister sehr ruhig und gelasen, »siehst du nun wohl, lieber Bruder, da schiebst du wieder etwas aufs Reiten und auf das edle Geschlecht der Pferde, was ganz allein deine Schuld ist. Fragtest du mich erst, ob mein Gaul sich auf dämonische Verschwörungen verstehe, ich hätte ›Nein!‹ geantwortet, und der ganze Spaß wäre unterblieben.« Schrecklicher Argwohn kam in des Barons Seele, auch gegen Schnüspelpold, denn zu seinem Entsetzen hatte er ihn unter Simsons Gästen bemerkt.

»Herr Baron! Der gestrige Auftritt vor meinem Gartenhause war bloß abscheulich und lächerlich dazu. Niemand kann sich fühlen beleidigt, und nur Sie hat getroffen ein Unglück und ein Spott. Doch müssen wir beide, ich und meine Tochter, Sie bitten, künftig zu vermeiden unser Haus. Sehr bald ziehe ich nach der Stadt, und wenn Sie, wertester Herr Baron, vielleicht wieder Geschäfte machen wollen in guten Papieren, bitte ich nicht vorbeizugehen mein Comptoir. Ich empfehle mich Sie ganz ergebenst etc.

Berlin, den –

Nathanael Simson,
für mich und meine Tochter
Amalie Simson.«

Sechstes Blättlein

Auch hier sind drei Blättchen geschickt in eines zusammenzuziehen, da sie in gewisser Art den Schluß der Abenteuer bilden, die sich mit dem Baron Theodor von S. und der schönen Griechin begaben. Auf dem ersten stehen wiederum Worte, die von dem Kanzleiassistenten Schnüspelpold an den Baron gerichtet sind. Nämlich:

»Hochgeborner Herr Baron! Endlich, den dunklen Mächten Dank, kann ich Sie gänzlich aus Ihrer Trostlosigkeit reißen und Ihnen zum voraus das Gelingen eines Zaubers verkünden, der Ihr Glück befestigt und das meinige. Schon habe ich es gesagt, die Sterne sind Ihnen günstig; was andern zum höchsten Nachteil gereichen würde, bringt Sie ans Ziel. Gerade der tolle Auftritt vor Simsons Gartenhause, von dem ich Zeuge war, Zeuge sein mußte, hat alle Schlingen zerrissen, in die Sie der arglistige Alte verstricken wollte. Dazu kommt aber, daß Sie in den letzten vierzehn Tagen meine Vorschriften strenge befolgt haben, gar nicht ausgegangen und noch viel weniger nach Mecklenburg gereiset sind. Zwar mag ersteres daher rühren, daß nach dem letzten Auftritt Sie überall, wo Sie sich blikken ließen, ein wenig gefoppt und ausgelacht wurden, letzteres aber, weil Sie noch Wechsel erwarten, doch das gilt gleichviel. – In der künftigen Äquinoktialnacht, das heißt in der Nacht von heute zu morgen, wird der Zauber vollendet, der die Fürstin auf ewig an Sie fesselt, so daß sie nimmer von Ihnen lassen kann. Auf den Schlag zwölf Uhr finden Sie sich in griechischer Kleidung ein im Tiergarten, bei der Statue des Apollo, und es wird ein Bund gefeiert werden, den in wenigen Tagen darauf die festlichen Gebräuche der griechischen Kirche heiligen sollen. – Es ist nötig, daß Sie sich bei der Zeremonie im Tiergarten ganz leidend verhalten und bloß meinen Winken folgen. Also diese Nacht

Punkt zwölf Uhr in griechischer Kleidung sehe ich Sie wieder.

Mit der vorzüglichsten etc.

(Astariot zur Bestellung gegeben.)«

Das zweite Blatt ist von einer sehr feinen, doch leserlichen Hand geschrieben, die sonst in allen Blättern nicht vorkommt, und enthält folgende zusammenhängende Erzählung:

»Auf derselben Bank im Tiergarten, unfern der Statue des Apollo, wo er die verhängnisvolle Brieftasche gefunden, saß der Baron Theodor von S., in einen Mantel gehüllt, den griechischen Turban auf dem Kopfe. Von der Stadt her tönten die Glocken herüber. Die Mitternachtsstunde schlug. Ein rauher Herbstwind strich durch Baum und Gebüsch, die Nachtvögel schwangen sich kreischend durch die sausenden Lüfte, immer schwärzer wurde die Finsternis, und wenn die Mondessichel auf Augenblicke die Wolken durchschnitt und ihre Strahlen hinabwarf in den Wald, da war es, als hüpften in den Gängen seltsame Spukgestalten auf und ab und trieben ihr unheimlich Wesen mit tollem Spiel und flüsterndem Geistergespräch. Den Baron wandelte in der tiefen Einsamkeit der Nacht ein Grauen an. ›So beginnt‹, sprach er, ›das Fest der Liebe, das dir versprochen? – O all ihr Mächte des Himmels, hätte ich nur meine Jagdflasche mit Jamaikarum gefüllt und, dem griechischen Kostüm unbeschadet, um meinen Hals gehängt, wie ein freiwilliger Jäger, ich nähme einen Schluck und –‹ Da zogen plötzlich unsichtbare

Hände dem Baron den Mantel von den Schultern herab. Entsetzt sprang er auf und wollte fliehen, doch ein herrlicher melodischer Laut ging durch den Wald, ein fernes Echo antwortete, der Nachtwind säuselte milder, siegend brach der Mond durch die Wolken, und in seinem Schimmer gewahrte der Baron eine hohe, herrliche, in Schleier gehüllte Gestalt. ›Teodoros‹, hauchte sie leise, indem sie den Schleier zurückschlug. O Entzücken des Himmels! Der Baron erkannte die Fürstin in der reichsten griechischen Tracht, ein funkelndes Diadem in dem schwarzen aufgenestelten Haar. – ›Teodoros‹, sprach die Fürstin mit dem Ton der innigsten Liebe, ›Teodoros, mein Teodoros, ja, ich habe dich gefunden – ich bin dein – empfange diesen Ring –‹ In dem Augenblick war es, als halle ein Donnerschlag durch den Wald, und eine hohe majestätische Frau mit ernstem gebietendem Antlitz stand plötzlich zwischen dem Baron und der Fürstin. ›Aponomeria‹, schrie die Fürstin auf, wie in dem Schreck des freudigsten Erwachens aus finstrem Traum, und warf sich an die Brust der Alten, die mit furchtbarem Blick den Baron durchbohrte. Den einen Arm um die Fürstin geschlungen, den andern hoch in die Lüfte emporgestreckt, sprach die Alte nun mit feierlichem das Innerste durchdringenden Ton: ›Vernichtet ist der höllische Zauber des schwarzen Dämons – er liegt in schmachvollen Banden, du bist frei, hohe Fürstin – o du mein süßes Himmelskind! – Schau auf, schaue deinen Teodoros!‹ – Ein blendender Glanz ging auf, in ihm stand eine hohe Heldengestalt auf mutigem Streitroß, in den Händen ein flatterndes Panier, auf dessen einer Seite ein rotes mit Strahlen umgebenes Kreuz, auf der andern ein aus der Asche steigender Phönix abgebildet! – –«

Die Erzählung bricht hier ab, ohne etwas Weiteres von dem Baron Theodor von S. und dem Kanzleiassistenten Schnüspelpold zu erwähnen. Auf dem dritten und letzten Blättchen stehen nur wenige Worte von der Hand der Fürstin.

»O all ihr Heiligen, all ihr ewigen Mächte des Himmels! an den Rand des Abgrunds hatte mich der boshafte Magus verlockt, schwindelnd wollte ich hinabstürzen, da brach der Zauber durch dich, o Aponomeria, meine zweite Mutter! – Ha! ich bin frei – frei! zerrissen sind alle Bande! – Er ist mein Sklave, den ich zertreten könnte, empfänd ich nicht Mitleid mit seinem Elend! – Großmütig will ich ihm sein magisches Spielzeug lassen. – Teodoros, ich habe dich geschaut in dem Spiegel, aus dem mir die herrlichste Zukunft entgegenstrahlte! – Ja! *ich*, ich winde die Palmen und Lorbeeren, die deine Krone schmücken sollen! – Oh! halt dich, mein Herz! – springe nicht vor namenlosen Entzücken, du starke Brust! – Nein! – gern will ich harren in diesen Mauern, bis der Augenblick gekommen, bis Teodoros mir ruft! – Aponomeria ist ja bei mir und der Magus bezwungen!«

Dicht an den Rand dieses Blättleins hat Schnüspelpold geschrieben: »Ich ergebe mich in mein Schicksal, das durch die Huld der Fürstin noch leidiglich genug ist. Hat sie mir doch meinen Haarzopf gelassen und manches andere hübsche Spielzeug dazu. Gott weiß aber, wie es mir künftig in Griechenland ergehen wird. – Ich büße die Schuld meiner Torheit, denn unerachtet aller meiner kabbalistischen Wissenschaft sah ich doch nicht ein, daß ein phantastischer Elegant zum Höheren ebensowenig zu brauchen ist als ein Korkstöpsel und daß der Teraphim des Propheten Sifur eigentlich ein viel gescheuteres Männlein war als der Herr Baron Theodor von S. und also auch viel eher als dieser der Fürstin für ihren geliebten Teodoros Capitanaki gelten konnte.«

Es können noch einige Notizen des Barons Achatius von F. folgen.

»Die Geschichte hat großes Aufsehen in B. gemacht. – Ganz durchnäßt, von Kälte erstarrt, kam gleich nach Mitternacht Dein Neffe zu Kempfers – Du weißt, daß so ein Lustort im Tiergarten benannt wird – in seltsamer türkischer oder, wie man meinen will, neugriechischer Tracht und bat, daß man ihm Tee mit Rum oder Punsch bereiten möge, wenn er nicht sterben solle. Das geschah. Bald aber fing er an, verwirrte Reden zu führen, so daß Kempfer den Baron, den er zum Glück kannte, da er oftmals draußen gegessen, für heftig erkrankt halten mußte und ihn zu Wagen nach der Stadt in seine Wohnung schaffen ließ. Die ganze Stadt glaubt, er sei wahnsinnig geworden, und will schon in manchem Streich, den er vorher auslaufen lassen, die Spur dieses Wahnsinns finden. Nach der Versicherung der Ärzte leidet er aber bloß an einem sehr heftigen Fieber. Freilich sind seine Phantasien von der wunderlichsten Art. Er spricht von kabbalistischen Kanzleiassistenten, die ihn verhext haben, von griechischen Prinzessinnen, magischen Brieftaschen, sibyllischen Papageien durcheinander. Vorzüglich kommt er aber nicht von der Idee ab, daß er mit einer Enzuse vermählt gewesen und ihr untreu geworden, weshalb sie ihm nun aus Rache das Blut aussauge, so daß ihn nichts retten könne und er bald sterben müsse.«

»– Laß, mein Freund, nur alle Besorgnisse fahren, Dein Neffe ist in der vollsten Besserung. Immer mehr verlieren sich die schwarzen Gedanken, und er nimmt schon an allem Anteil, was das Leben Schönes und Herrliches für ihn hat. So freute er sich gestern ganz erstaunlich über die Form eines neumodischen Huts, den der Graf von E. trug, welcher ihn gestern besuchte, so daß er im Bette selbst den Hut aufsetzte und sich den Spiegel bringen ließ. – Er ißt auch schon Hammelkoteletts und macht Verse. – Spätestens in vier Wochen bringe ich Dir Deinen Neffen nach Mecklenburg, in Berlin darf er nicht bleiben, denn, wie gesagt, seine Geschichten haben zu großes Aufsehn gemacht, und er würde, sowie er sich nur zeigte, aufs neue das Gespräch des Tages werden etc.«

»Also nach zweijähriger Abwesenheit ist Dein Neffe glücklich zurückgekehrt? – Ob er wohl wirklich in Griechenland gewesen ist! – Ich glaube es nicht, denn daß er so geheimnisvoll tut mit seiner Reise, daß er bei jeder Gelegenheit sagt: ›Ja, wenn man nicht in Morea – in Zypern und so weiter war!‹ Das ist mir gerade ein Beweis dagegen! – Leid tut es mir, daß Dein Neffe, war er wirklich in Griechenland, nicht Antizyra besucht hat und ebenso ein närrischer Phantast geblieben ist, als er es sonst war – Apropos! – Ich schicke Dir den ›Berliner

Taschenkalender‹ von 1821, in welchem unter dem Titel: ›Die Irrungen, Fragment aus dem Leben eines Phantasten‹, ein Teil der Abenteuer Deines Neffen abgedruckt steht. Das Gedruckte macht auf Theodor einen erstaunlichen Eindruck, vielleicht erschaut er seine kuriöse Gestalt im Spiegel und schämt und bessert sich. – Gut wär's, wenn auch die neuen Abenteuer bis zum Zeitpunkt, als er Berlin verließ, abgedruckt werden könnten etc.«

Nachtrag

Es wird dem geneigten Leser nicht unangenehm sein, nachträglich zu erfahren, daß der Bote, den Hff. mit dem Billett an den Herrn Kanzleiassistenten Schnüspelpold geschickt hatte, dieses Billett uneröffnet zurückbrachte und berichtete, daß nach der Aussage des Hauswirts dort der bezeichnete Mann nicht wohne und auch niemals gewohnt habe. Gewiß ist es also, daß die Fürstin ihrem Magus die Aushändigung des Vermächtnisses an Hff. aufgetragen hatte, daß er die ihm auferlegte Pflicht erfüllen mußte und daß er, von seiner Arglist und Tücke nicht ablassend, erst einen sehr groben Brief schrieb und dann den guten Hff. durch ein abscheuliches Gaukelspiel auf schnöde Weise mystifizierte.

Daß jener Zeitpunkt, den die Vision im Tiergarten der Fürstin andeutete, gekommen, daß wirklich die Fahne mit dem roten Kreuz und dem Phönix flattert und daß die Fürstin in Gefolge dessen zurückgekehrt ist in ihr Vaterland, das alles ergibt sich aus den an Hff. gerichteten Versen. Besagte Verse sind dem Hff. deshalb besonders ein liebes und wertes Andenken von einer unvergleichlichen Person, weil er darin, mittelst allerlei poetischen Redensarten, als ein Magus behandelt wird, und noch dazu als ein guter, welcher mit schnöden Teufelskünsten nichts zu tun haben mag. Solches ist ihm noch gar nicht geschehen.

– Wunderbar endlich mag es auch sein, daß das, was im vorigen Jahr (1820) aus der Luft gegriffene leere Fabel schien, Andeutung ins Blaue hinein, in diesem Jahr (1821) in den Ereignissen des Tages eine Basis gefunden.

Wer weiß, welch ein Teodoros in diesem Augenblick die Kreuz- und Phönixfahne schwingt.

Sehr schade ist es, daß in den Fragmenten durchaus nirgends der Name der jungen griechischen Fürstin vorkommt, deshalb hat ihn auch Hff. niemals erfahren, und bloß dadurch ist er abgehalten worden, sich im Fremden-Bureau nach der vornehmen griechischen Dame zu erkundigen, die zu Ende Mai Berlin verlassen.

Soviel ist gewiß, daß die Dame nicht die Madame Bublina sein kann, die Napoli di Romania belagert hat, denn die Braut des Fürsten Teodoros ist von Vaterlandsliebe entbrannt, aber keine Heroine, wie es sich aus ihren Versen hinlänglich ergibt.

Sollte jemand von den geneigten Lesern Näheres von der unbekannten Fürstin und dem wunderlichen Kanzleiassistenten Schnüspelpold erfahren, so bittet Hff. demütiglich, es ihm durch die Güte Einer Hochlöblichen Kalender-Deputation freundlichst mitteilen zu wollen.

Geschrieben im Junius 1821.

Anmerkungen

Radamanthus: Radamanthys, der Richter der Unterwelt in der griechischen Mythologie.

des mir verhaßten Volks: Die Türken.

Romeca: Der griechische Tanz Romeika.

Theorbe: Baßlaute mit doppeltem Wirbelkasten, 1594 von Alessandro Piccini in Bologna erfunden.

den Sonnini, den Bartholdy: Zwei wichtige Quellen für Hoffmann waren die Bücher »Voyage en Grèce et en Turquie« von Charles Nicolas Sigisbert Sonnini de Manoncourts (1801), aus dessen deutscher Übersetzung Hoffmann zitiert, und »Bruchstücke zur näheren Kenntnis des heutigen Griechenlands, gesammelt auf einer Reise« von Jacob Bartholdy (1805). Hoffmann kannte Bartholdy – dessen Namen die Familie von Abraham Mendelssohn beim Übertritt zum Christentum annahm, Bartholdy war der Onkel von Felix Mendelssohn Bartholdy – persönlich.

Blumenthron aus Armida: Gemeint ist Christoph Willibald Glucks Oper »Armida«, die Hoffmann ganz besonders liebte.

Herr Wolff: Der Graphiker Ulrich Ludwig Friedrich Wolf (1772-1832), der zwei Kupferstiche als Illustration der »Irrungen« lieferte.

Eleven der Pflanzschule für Spandau: Die künftigen Häftlinge des Spandauer Gefängnisses.

Friedrich Richter: Der von Hoffmann bewunderte Romancier Jean Paul Friedrich Richter.

Pupillen-Kollegium: Vormundschaftsgericht.

Herrn Wolffs Kupfertafel: Die zwei Kupferstichillustrationen von U. L. F. Wolf.

Professor B.: Professor Philipp Buttmann, Altphilologe und Gründer (1809) der »Spanischen Gesellschaft«, der Hoffmann seit 1820 angehörte.

sein eigenes Ebenbild: Die Beschreibung ist ein ironisches Selbstbildnis Hoffmanns und entspricht einem Aquarell vom Januar/Februar 1815, auf dem Hoffmann sich als »Kapellmeister Kreisler in Haustracht, nach dem Leben gezeichnet« bezeichnet.

Seladons-Natur: Seladon (Céladon), die Gestalt des schmachtenden Liebhabers aus dem Schäferroman »L'Astrée« von Honoré d'Urfé.

Teraphim: In der Bibel (1. Samuel 19,13 und 2. Könige 23,4) erwähntes »Götzenbild«, ein Kultgegenstand in menschlicher Gestalt zu magischen Praktiken verwendet.

Hasenfuß: Hoffmann gebraucht dieses Wort immer im Sinne von »Narr«.

Nachwort

Der Unabhängigkeitskampf der Griechen gegen ihre türkischen Unterdrücker hatte die Deutschen schon am Ende des 18. Jahrhunderts beschäftigt, als es einen umfassenden Aufstand noch gar nicht gab; Hölderlins Roman »Hyperion« (1797/99) bezeugt das, er bezieht sich auf den ersten Aufstand 1770. Aber erst 1821, als der in russischen Diensten stehende griechische General Alexander Ypsilanti die Erhebung von Moldau und Walachei gegen die Türkenherrschaft initiierte (sie wurde niedergeschlagen), entfesselte der Freiheitskampf der Griechen einen geradezu enthusiastischen Philhellenismus in Deutschland. Das hatte mehrere Gründe. Zum einen lag so etwas wie Kreuzzugsstimmung in der Luft; die Griechen, in denen die Deutschen vornehmlich Nachfahren des klassischen Altertums sahen, kämpften gegen die Osmanenherrschaft, gegen die Europa schon im 17. und 18. Jahrhundert erfolgreich zu Felde gezogen war. Zum andern aber, weit wichtiger noch: In der Sympathie für den Aufstand durfte der Bürger und gehorsame Untertan Gedanken und Empfindungen artikulieren, die ihm sonst strengstens verboten waren. Nachdem der österreichische Staatskanzler Metternich die Staaten Europas nach Napoleons Sturz auf Restauration und Freiheitsunterdrückung eingeschworen hatte, breitete sich Friedhofsruhe über Europa aus. Aber jetzt stand es dem Bürger frei, sich

Die Irrungen.

von Hoffmann Ites Blatt.

L. W. del. F. B. sc.

für den Kampf gegen die türkische Obrigkeit zu begeistern, zumal sich sogar Fürsten nachdrücklich für griechische Freiheitsideale aussprachen. In Deutschland König Ludwig I. von Bayern, in Rußland der sonst allen Freiheitsbestrebungen abholde Zar Nikolaus I.; einzig Metternich wetterte gegen die Rebellion griechischer Untertanen wider die von Gott verfügte Türkenherrschaft, fürchtete er doch nicht ganz unbegründet, der Funken griechischen Aufbegehrens möchte unversehens auf Deutschland und Österreich überspringen.

Vor dem Hintergrund philhellenischer Begeisterung spielen E. T. A. Hoffmanns Erzählungen »Die Irrungen« (verfaßt im Sommer 1820, also noch vor dem Ausbruch des Unabhängigkeitskrieges) und deren Fortsetzung »Die Geheimnisse« (datiert vom Juni 1821). Hoffmann geht es darin ganz und gar nicht um die Befreiung Griechenlands, die ihn nur am Rande interessierte, auch ist der ausbrechende Philhellenismus bei ihm nur ein Seitenthema.

Beide Erzählungen haben in der Hoffmann-Forschung kaum Freunde gefunden. Georg Ellinger meinte 1894, es lasse sich »unzweifelhaft in diesen Erzählungen ein Nachlassen von Hoffmanns poetischer Schöpferkraft« erkennen und rügte: »Da ist keine Gestalt so hingestellt, daß man sie wirklich zu sehen glaubt, das Groteske schlägt nicht selten in das Läppische um, und nur ganz hin und wieder vermögen einzelne Späße und Situationen das Interesse des Lesers wirklich festzuhalten.« Arthur Sakheim befand 1908 über »Die Geheimnisse« entrüstet: »Schrecklich maniriert, gemacht, outriert, wofür schon die mißlungene Verquickung der

Berliner Friedrichstraße und Weidendammer Brücke mit einem bißchen Kabbalistik zeugt. Sicherlich gibt es keine so minderwertige Erzählung bei Hoffmann mehr.« Walter Harich zürnte 1923, nachdem er Hoffmann Zeilenschinderei um des Honorars willen vorgeworfen hatte: »Wir erkennen darin nur die lose gefügte und wahllos hingeworfene Arbeit, und werden Erzählungen dieser tiefstehenden Art von Hoffmanns eigentlichen Werken scharf zu trennen wissen.«

Hoffmann-Biograph Rüdiger Safranski fand 1984 noch ein ganz anderes Haar in der Suppe, das er als einen »trüben Aspekt seines Schreibens« mißbilligt: »Schablonenhafte Karikaturen von geldgierigen und renommiersüchtigen Juden.«

Davon kann aber gar keine Rede sein. Schon das schmähliche Erlebnis des Barons vor dem Landhaus des Bankiers Nathanael Simson – tatsächlich widerfuhr diese Geschichte fast wortwörtlich dem Schauspieler Ludwig Devrient, Hoffmanns Freund – hat etwas mit dem Gebaren von Neureichen zu tun, nicht aber mit Antisemitismus. In der Tat stellten in Berlin nach den Befreiungskriegen die Juden die neue Geldaristokratie, und unter dieser lebten nicht nur so noble und hochgebildete Bankiers wie die Mendelssohns. Es gibt überhaupt keine antisemitischen Äußerungen Hoffmanns (der übrigens einmal selber, als Jude verdächtigt, sich einer üblen antisemitischen Attacke ausgesetzt fand), was auch verwunderlich wäre, da viele seiner Freunde Juden waren.

Aber gerieten Hoffmann diese beiden so geschmähten Erzählungen denn tatsächlich so sehr unter sein

Die Irrungen.

vor. Hoffmann IItes Blatt.

L. Wolf del. F. Meyer sc.

gewohntes künstlerisches Niveau, wie uns die hier zitierten Experten glauben machen möchten?

Offenbar erwarteten sie ein Stück realistischer Erzählkunst mit genauer Charakteristik der Personen, die wohl in etwa der genauen Beschreibung der preußischen Hauptstadt entsprechen sollte. Denn tatsächlich wird uns das Berlin jener Jahre sehr exakt geschildert: der Tiergarten, das »schöne Tor« (womit das Brandenburger gemeint ist), die »Luftfahrt« der Reichardts, die Jagorsche Restauration. Und die Personen: die Hotelbesitzerin Obermann, der Friseur Warnicke, der Schneider Freitag, der Geheime Rat Wolf, der Kunsthändler Weiß, der Illustrator Wolf, der Professor B. (= Philipp Buttmann), der Doktor H. M. (= Heinrich Meyer) – sie alle gab es 1820/21 ganz leibhaftig und nicht zum wenigsten natürlich »S. Wohlgeb. Herrn etc. E. T. A. Hoffmann« (». . . den wir der Kürze halber mit Hff. bezeichnen wollen«), Autor all dieser phantastischen Abenteuer, der den Mut besitzt, leibhaftig unter seine Figuren zu treten und die Fertigstellung eines Manuskripts zum vereinbarten Termin selbst zum Thema seines Manuskripts zu machen.

Daß diese skurrile Phantasmagorie bei Lesern, die es lieber handfest realistisch gehabt hätten, auf Schwierigkeiten und Verdruß stoßen würde, ließ sich unschwer voraussehen. Aber wollte sich Hoffmann hier einzig einen funkensprühenden Jux machen?

E. T. A. Hoffmanns Kunst folgt über die Jahre hinweg einem unverrückbaren Grundmotiv: Es ist die Verachtung und Verspottung des Spießbürgertums als des eigentlichen Trägers eines zynischen Materialismus, den Hoffmann für das Grundübel unserer Gesellschaft ansieht. Wer nur dasjenige für real und damit auch für wichtig erachtet, was wir mit unseren eher simplen Sinnesorganen erkennen können, verschließt sich jenen geistigen Kräften, die erst den wahren Menschen ausmachen. Für Hoffmann stammen wir aus einer geistigen Welt, in die wir nach unserem Tode zurückkehren werden; unser Erdenleben ist ein Zwischenaufenthalt. Verschreibt sich ein Mensch dem Materialismus, so verachtet er den Geist und hält nur – wie der Baron Theodor v. S. – materiellen Besitz und modische Trends für das einzig Wichtige und Erstrebenswerte im Leben; damit aber verfehlt der Mensch seine eigentliche Bestimmung. Eine Gesellschaft, die das Geistige mißachtet und die auch die Künste degradiert zur bloßen Unterhaltung, ist für Hoffmann abgestorben. Der monströse Spießbürger Theodor v. S. begeistert sich scheinbar für den griechischen Freiheitskampf, tatsächlich aber ist für ihn das Ringen um die Unabhängigkeit nur ein willkommenes Salongeschwätz, weswegen sein eigener Aufbruch gen Hellas bereits in Zehlendorf endet.

Hoffmann hat die tonangebende Gesellschaft seiner Zeit als eine Ansammlung agierender Automaten empfunden und immer wieder auch so dargestellt. Als »Zucker« der Gesellschaft, wie die Modeliteraten in »Die Geheimnisse« verspottet werden, konnte sich Hoffmann nie verstehen.

Die beiden Erzählungen erschienen 1821 und 1822 in dem »Berlinischen Taschen-Kalender«, herausgegeben von der »Kön. Preuss. Kalender-Deputation«.

Diese hatte, nachdem Hoffmann ein Jahr zuvor die phantastische Erzählung »Die Brautwahl« dort veröffentlichte, »den Verfasser dringend« darum gebeten, so Hoffmann, »sich künftig doch im Gebiet der Möglichkeit zu halten«. Wie Hoffmann diese Mahnung beherzigte, ist in diesen beiden Erzählungen nachzulesen. Hielt er nun die Redaktion damit zum besten? Nein, er blieb konsequent »im Gebiet der Möglichkeit«, indem er in zugegeben sehr phantastischer Gewandung ein realistisches Porträt der Modetorheiten seiner Zeit und ihrer Repräsentanten entwarf. Jene aber, die realistisches Erzählen bei Hoffmann vermissen, haben ihn nur nicht realistisch genug gelesen.

Eckart Kleßmann

Zu dieser Ausgabe

insel taschenbuch 1852: E. T. A. Hoffmann, Die Irrungen – Die Geheimnisse. Beide Erzählungen entstanden 1820. *Die Irrungen* erschienen erstmals im Berlinischen Taschen-Kalender auf das Gemeinjahr 1821; *Die Geheimnisse* im Berlinischen Taschen-Kalender auf das Jahr 1822. *Die Geheimnisse* wurden vom Autor als »Fortsetzung des Fragments aus dem Leben eines Phantasten: ›Die Irrungen‹« bezeichnet. Der vorliegende Text folgt der Ausgabe: E. T. A. Hoffmann, Gesammelte Werke in Einzelausgaben. Band 8: Letzte Erzählungen. Kleine Prosa. Nachlese. Textrevision und Anmerkungen von Hans-Joachim Kruse. Redaktion: Viktor Liebrenz. Aufbau-Verlag, Berlin und Weimar 1983. Ulrich Ludwig Friederich Wolf (1772-1832), Zeichner und Kupferstecher, Mitglied der Berliner Akademie hatte zum Erstdruck der Erzählungen *Die Irrungen* und *Die Geheimnisse* zwei Stiche angefertigt, die hier auf den Seiten 162 und 165 reproduziert werden. Sie beziehen sich im vorliegenden Text auf die Seiten 27/28 und 77/78. E.T.A. Hoffmann läßt »Herrn Wolf« im übrigen in der Erzählung selbst auftreten. Für die insel taschenbuch-Ausgabe, zu der Eckart Kleßmann das Nachwort schrieb, hat Knut V. Neumann die Illustrationen angefertigt.

Klassische deutsche Literatur
im insel taschenbuch

Bettine von Arnim: Goethes Briefwechsel mit einem Kinde. Herausgegeben und eingeleitet von Waldemar Oehlke. Mit zeitgenössischen Abbildungen. it 767

– Die Günderode. Mit einem Essay von Christa Wolf. it 702

Ludwig Börne: Spiegelbild des Lebens. Aufsätze zur Literatur. Erweiterte Neuausgabe. Ausgewählt und eingeleitet von Marcel Reich-Ranicki. it 1578

Hermann Bote: Till Eulenspiegel. Ein kurzweiliges Buch aus dem Lande Braunschweig. Wie er sein Leben vollbracht hat. Sechsundneunzig seiner Geschichten. Herausgegeben, in die Sprache unserer Zeit übertragen und mit Anmerkungen versehen von Siegfried H. Sichtermann. Mit zeitgenössischen Illustrationen. it 336

Clemens Brentano: Rheinmärchen. In der von Guido Görres herausgegebenen Ausgabe von 1846. Mit Illustrationen von Edward Steinle. it 804

– Gedichte. Erzählungen. Briefe. Herausgegeben von Hans Magnus Enzensberger. it 557

Die Briefe von Goethes Mutter. Gesammelt und herausgegeben von Albert Körner. Mit einem Nachwort von Karl Riha. it 1550

Georg Büchner: Lenz. Erzählung. Mit Oberlins Aufzeichnungen ›Der Dichter Lenz, im Steinthale‹, ausgewählten Briefen von J. M. R. Lenz und einem Nachwort von Jürgen Schröder. it 429

– Leonce und Lena. Ein Lustspiel. Mit farbigen Illustrationen von Karl Walser und einem Nachwort von Jürgen Schröder. it 594

– Woyzeck. Nach den Handschriften neu herausgegeben und kommentiert von Henri Poschmann. it 846

Gottfried August Bürger: Wunderbare Reisen zu Wasser und zu Lande. Feldzüge und lustige Abenteuer des Freiherrn von Münchhausen, wie er dieselben bei der Flasche im Zirkel seiner Freunde selbst zu erzählen pflegt. Mit den Holzschnitten von Gustave Doré. it 207

Wilhelm Busch: Kritisch-Allzukritisches. Gedichte. Ausgewählt und mit einem Nachwort von Theo Schlee. Mit Illustrationen von Wilhelm Busch. it 52

Adelbert von Chamisso: Peter Schlemihls wundersame Geschichte. Nachwort von Thomas Mann. Illustriert von Emil Preetorius. it 27

Matthias Claudius: Der Wandsbecker Bote. Mit einem Vorwort von Peter Suhrkamp und einem Nachwort von Hermann Hesse. it 130

Annette von Droste-Hülshoff: Die Judenbuche. Ein Sittengemälde aus dem gebirgichten Westfalen. Mit Illustrationen von Max Unold. it 399

161/1/12.95

Klassische deutsche Literatur im insel taschenbuch

Annette von Droste-Hülshoff: Sämtliche Erzählungen. Herausgegeben von Manfred Häckel. it 1521
– Sämtliche Gedichte. Mit einem Nachwort von Ricarda Huch. it 1092
Marie von Ebner-Eschenbach: Dorf- und Schloßgeschichten. Mit einem Nachwort von Joseph Peter Strelka. it 1272
Johann Peter Eckermann: Gespräche mit Goethe in den letzten Jahren seines Lebens. 2 Bde. Herausgegeben von Fritz Bergemann. it 500
Joseph von Eichendorff: Aus dem Leben eines Taugenichts. Mit Illustrationen von Adolf Schrödter und einem Nachwort von Ansgar Hillach. it 202
– Gedichte. Mit Zeichnungen von Otto Ubbelohde. Herausgegeben von Traude Dienel. it 255
– Gedichte. In chronologischer Folge herausgegeben von Hartwig Schultz. it 1060
– Novellen und Gedichte. Ausgewählt und eingeleitet von Hermann Hesse. it 360
Theodor Fontane: Briefe an Georg Friedlaender. Herausgegeben und mit einem Nachwort versehen von Walter Hettche. it 1565
– Cécile. Mit einem Nachwort von Walter Müller- Seidel. it 689
– Effi Briest. Mit 21 Lithographien von Max Liebermann. it 138 und Großdruck. it 2340
– Frau Jenny Treibel oder ›Wo sich Herz zum Herzen findt‹. Roman. Mit einem Nachwort von Richard Brinkmann. it 746
– Grete Minde. Mit einem Nachwort von Peter Demetz. it 1157
– Herr von Ribbeck auf Ribbeck. Gedichte und Balladen. Herausgegeben von Gottfried Honnefelder. it 1446
– Irrungen, Wirrungen. Mit einem Nachwort von Walther Killy. it 771
– Jenseit des Tweed. Bilder und Briefe aus Schottland. Mit zahlreichen Abbildungen und einem Nachwort herausgegeben von Otto Drude. it 1066
– Kriegsgefangen. Erlebnisse 1870. Herausgegeben von Otto Drude. Mit zahlreichen Abbildungen. it 1437
– Mathilde Möhring. Mit einem Nachwort von Peter Demetz. it 1107
– Meine Kinderjahre. Autobiographischer Roman. Mit einem Nachwort von Otto Drude. it 705
– Die Poggenpuhls. Roman. it 1271
– Schach von Wuthenow. Erzählung aus der Zeit des Regiments Gendarmes. Mit einem Nachwort von Benno von Wiese. it 816
– Ein Sommer in London. Mit einem Nachwort von Harald Raykowski. it 1723

161/2/12.95

Klassische deutsche Literatur
im insel taschenbuch

Theodor Fontane: Der Stechlin. Mit einem Nachwort von Walter Müller-Seidel. it 152
– Stine. Roman. Mit einem Nachwort von Peter Demetz. it 899
– Unwiederbringlich. Roman. it 1593
– Vor dem Sturm. Roman, aus dem Winter 1812 auf 13. Mit einem Nachwort von Hugo Aust. it 583
Georg Forster: Reise um die Welt. Herausgegeben und mit einem Nachwort von Gerhard Steiner. it 757
Johann Wolfgang Goethe: Erotische Gedichte. Gedichte, Skizzen und Fragmente. Herausgegeben von Andreas Ammer. it 1225
– Faust. Erster Teil. Nachwort von Jörn Göres. Illustrationen von Eugène Delacroix. it 50
– Faust. Zweiter Teil. Mit Federzeichnungen von Max Beckmann. Mit einem Nachwort zum Text von Jörn Göres und zu den Zeichnungen von Friedhelm Fischer. it 100
– Gedichte. Sämtliche Gedichte in zeitlicher Folge. Herausgegeben von Heinz Nicolai. it 1400
– Hermann und Dorothea. Mit Aufsätzen von August Wilhelm Schlegel, Wilhelm von Humboldt, Georg Wilhelm Friedrich Hegel und Hermann Hettner. Mit zehn Kupfern von Catel. it 225
– Italienische Reise. Mit vierzig Zeichnungen des Autors. Herausgegeben und mit einem Nachwort versehen von Christoph Michel. it 175
– Tagebuch der Italienischen Reise 1786. Notizen und Briefe aus Italien. Mit Skizzen und Zeichnungen des Autors. Herausgegeben und erläutert von Christoph Michel. it 176
– Kampagne in Frankreich 1792. Belagerung von Mainz. Herausgegeben und mit einem Nachwort von Jörg Drews. Mit zeitgenössischen Abbildungen. it 1525
– Die Leiden des jungen Werther. Mit einem Essay von Georg Lukács und einem Nachwort von Jörn Göres. Mit zeitgenössischen Illustrationen von Daniel Nikolaus Chodowiecki und anderen. it 25
– Märchen. Der neue Paris. Die neue Melusine. Das Märchen. Herausgegeben und erläutert von Katharina Mommsen. it 825
– Der Mann von funfzig Jahren. Mit einem Nachwort von Adolf Muschg. it 850
– Maximen und Reflexionen. Text der Ausgabe von 1907 mit den Erläuterungen und der Einleitung Max Heckers. Nachwort von Isabella Kuhn. it 200
– Novellen. Herausgegeben und mit einem Nachwort versehen von Katharina Mommsen. Mit Federzeichnungen von Max Liebermann. it 425

161/3/12.95

Klassische deutsche Literatur im insel taschenbuch

Johann Wolfgang Goethe: Rameaus Neffe. Ein Dialog von Denis Diderot. Übersetzt von Goethe. Zweisprachige Ausgabe. Mit Zeichnungen von Antoine Watteau und einem Nachwort von Horst Günther. it 1675

– Reineke Fuchs. Mit Stahlstichen nach Zeichnungen von Wilhelm Kaulbach. it 125

– Römische Elegien und Venezianische Epigramme. Herausgegeben von Regine Otto. it 1150

– Sollst mir ewig Suleika heißen. Briefwechsel mit Marianne und Johann Jakob Willemer. Herausgegeben von Hans-J. Weitz. it 1475

– Die Wahlverwandtschaften. Ein Roman. Erläuterungen von Hans-J. Weitz. Mit einem Essay von Walter Benjamin. it 1

– West-östlicher Divan. Mit Essays zum ›Divan‹ von Hugo von Hofmannsthal, Oskar Loerke und Karl Krolow. Herausgegeben und mit Erläuterungen versehen von Hans-J. Weitz. it 75

– Wilhelm Meisters Lehrjahre. Herausgegeben von Erich Schmitt. Mit sechs Kupferstichen von Catel, sieben Musikbeispielen und Anmerkungen. it 475

– Wilhelm Meisters Wanderjahre oder die Entsagenden. Mit einem Nachwort von Adolf Muschg. it 575

Der Briefwechsel zwischen Schiller und Goethe. 2 Bde. Herausgegeben von Emil Staiger. Mit Illustrationen. Bildkommentar von Hans-Georg Dewitz. it 250

Johann Wolfgang Goethe / Friedrich von Schiller: Sämtliche Balladen und Romanzen in zeitlicher Folge. Herausgegeben von Karl Eibl. it 1275

Goethes Gedanken über Musik. Eine Sammlung aus seinen Werken, Briefen, Gesprächen und Tagebüchern. Herausgegeben von Hedwig Walwei-Wiegelmann. Mit achtundvierzig Abbildungen, erläutert von Hartmut Schmidt. it 800

Goethes Liebesgedichte. Herausgegeben von Hans Gerhard Gräf mit einem Nachwort von Emil Staiger. it 275

Goethes Reden. Herausgegeben und mit einem Nachwort versehen von Gert Ueding. it 1650

Goethe und die Medizin. Selbstzeugnisse und Dokumente. Herausgegeben von Manfred Wenzel. Mit zahlreichen Abbildungen. it 1350

Jeremias Gotthelf: Die schwarze Spinne. Mit Illustrationen von Renate Sendler-Peters. it 991

Hans Jakob Christoffel von Grimmelshausen: Der abenteuerliche Simplicissimus. Mit Zeichnungen von Fritz Kredel. it 739

161/4/12.95

Klassische deutsche Literatur im insel taschenbuch

Grimms Märchen, wie sie nicht im Buche stehen. Herausgegeben und erläutert von Heinz Rölleke. it 1551

Karoline von Günderode: Gedichte. Herausgegeben von Franz Josef Görtz. it 809

Johann Christian Günther: Die Gedichte. Herausgegeben von Franz-Heinrich Hackel, it 1702

Wilhelm Hauff: Märchen. Erster Band. Herausgegeben von Bernhard Zeller. Mit Illustrationen von Theodor Weber, Theodor Hosemann und Ludwig Burger. it 216

Johann Peter Hebel: Kalendergeschichten. Ausgewählt und mit einem Nachwort von Ernst Bloch. Mit neunzehn Holzschnitten von Ludwig Richter. it 17

– Schatzkästlein des rheinischen Hausfreundes. Nachdruck der Ausgabe von 1811 sowie sämtliche Kalendergeschichten aus dem »Rheinländischen Hausfreund« der Jahre 1808-1819. Herausgegeben und mit einem Nachwort versehen von Jan Knopf. it 719

Heinrich Heine: Buch der Lieder. Mit zeitgenössischen Illustrationen und einem Nachwort von E. Galley. it 33

– Deutschland. Ein Wintermärchen. Mit einem Nachwort von Joseph Peter Strelka. Anhang mit Bibliographie und einer Zeittafel. it 723

– Gedichte aus Liebe. In einer Auswahl von Thomas Brasch. it 1444

– Italien. Mit farbigen Illustrationen von Paul Scheurich. it 1072

– Neue Gedichte. it 1055

– Der Rabbi von Bacherach. Ein Fragment. Mit Illustrationen von Max Liebermann und einem Nachwort von Joseph A. Kruse. it 811

– Reisebilder. Mit einem Nachwort von Joseph A. Kruse und zeitgenössischen Illustrationen. it 444

– Romanzero. Mit einem Nachwort von Joseph A. Kruse und zeitgenössischen Illustrationen. it 538

Johann Gottfried Herder: Lesebuch. Zum 250. Geburtstag. Herausgegeben von Siegfried Hartmut Sunnus. Mit zahlreichen Abbildungen. it 1609

Friedrich Hölderlin: Gedichte. Herausgegeben und mit Erläuterungen versehen von Jochen Schmidt. it 781

– Hyperion oder Der Eremit in Griechenland. Herausgegeben und mit einem Nachwort versehen von Jochen Schmidt. it 365

– Die schönsten Gedichte. Ausgewählt und mit einem Nachwort versehen von Jochen Schmidt. it 1508

E. T. A. Hoffmann: Die Abenteuer der Silvester-Nacht. Mit farbigen Illustrationen von Monika Wurmdobler. it 798

161/5/12.95